希菲洛®

其她

2018.1（第一卷）

王　阳　主编

长江出版传媒　　长江文艺出版社

其实是她

新的一年，转眼就是暮春时节。关于这个季节，最动人的话语莫过于夫子曾赞叹的这一句："暮春者，春服既成，冠者五六人，童子六七人，浴乎沂，风乎舞雩，咏而归。"

五里樱花，十里桃花，漫山遍野的油菜花、杜鹃花将次第开放，你与他还有她相约、相伴，你们行走着，偶尔也奔跑，也跳跃，因为惊奇，不时也少不了呼喊——春天总是让人惊奇。你们在路上，路上的人越来越多。

"浴乎沂"，就是在沂水边沐浴，也可以是为沂水所蒸腾着的水雾所流连。水，不可避免地在此出现了。所有生命的奇迹都与水有关。

"上善若水。水善利万物而不争。处众人之所恶，故几于道。"

另一位圣哲老子发言了。他说水滋养万物但不与万物争荣耀，她最懂得放低自己的身段，她总是处在最低处，"居善地，心善渊，与善仁，言善信，事善能，动善时"，因而成河流，因而成江海。

这是有关低处的学问，这是"她"的美德。

"她"总是如此——在你落寞的时候，她倾听你的倾诉；在你困惑的时候，她为你理清思绪；在你后退的时候，她给你鞭策；在你前行的时候，她是你坚强的支撑；在你得成就的时候，她默默地为你祝福……

因为有"她"，才有了温暖，有了感动；

因为有"她"，才有了回家的方向；

因为"她"，一切都大不相同。

她是奔跑者，这个春天，她尤其热爱奔跑。在城市，在田野，在山旁，在水边，你都能见到她的身影。你也在路上，你或许就在她的身边。或许，你其实就是她。

希菲洛®

其她
2018.1（第一卷）

目 录

她·创客

3　行走的王阳/王　阳

23　希菲洛550书店诞生记/雄　风

她·传奇

39　感觉像在爱自己/阿　毛

她·世界

69　摇摇晃晃在人间/余秀华

82　向天空挥手的人/余秀华

他·匠心

89　一个在细语，一个在抚慰——几种手工/沉　河

她·年华

105　爱上他的鞭子/李婵娟

他·笔记

113　碧波与哀愁/张执浩

116　老拍的言说/黄　斌

她·春秋

125　明月夜，短松冈/小　引

他·行走

137　原上草/林东林

他·写意

155　生息——解读程春利/沉　河　鲁慕迅　宋　磊

创客

　　创业就是熬，熬着找合伙人，熬着培养团队，熬着度过公司和自己成长的每一个阶段……熬着熬着，就熬出一锅岁月的味道！

——王阳

行走的王阳

□ 王 阳

可以等候，但不能停留。
时光之花悄然绽放，
你说你已闻到她的芳香，
你说不要在等候中枯萎。

——题记

第三张身份证

1

冬天来了。

11月23日。武汉的第一场小雪。上班的清晨，长江大桥上无尽的堵车成了朋友圈的热点。

而我，一个人，远在南方，一个既陌生又熟悉的城市。

10年前的春天，会经常走过这里的青石板路，一排排年岁已久的老宅古巷，有时还要故意绕过村口的小山丘，去镇上逛逛。哦，那时的我还跟现在的林倩一样，挺着个大肚子……

我在这座小城办了人生的第二张身份证后的第三天，生下了我的女儿。我为她取名为"妙妙"，期待她从出生那一刻开始有一个美妙、奇妙的人生。

说来惭愧，在她不到3岁时，我给了她一个不算完整的家庭。

我毅然选择了离开。

出发时，身上仅有的37块钱是我的全部家当。

女儿跟在我的身后，落寞而又惶惑。

非常廉价的大客车是我们回武汉的交通工具。

路上客车经过服务区休息，她闻到了热狗的香味，在那个烤箱面前停留，我跟她说：那个很脏，不知道烤了多久，吃了会生病的！

她懂事地点点头，我紧紧地抱着她，在我怀里，很久很久……

我们租最便宜的房子，读最便宜的幼儿园，

一边兼职着七份工作，一边在亲戚朋友的接济下，度过了回江城最苦的500多个日日夜夜……

在白沙洲的日子，依然过得很清贫。

依然每天睡眠不足四个小时。

依然在一个傲慢无比的外壳里藏着一颗自卑的心。

依然固执地把渺乎小哉的梦想当作前行的力量。

创业就是熬，熬着找合伙人，熬着培养团队，熬着度过公司和自己成长的每一个阶段……熬着熬着，就熬出一锅岁月的味道！

8年来，除最早创办的希菲洛形象设计，我还运营了六家公司17个品牌。

我，按自己的意愿，选择了30岁以后的人生。

生命中曾经有过的所有灿烂，终究都需要用寂寞来偿还。

独自扛过的这8年，不后悔。

2

而今天，我又回到了这个小城。回来办理属于我人生的第三张身份证。

10点下的飞机，订了酒店，睡了大概一个钟头。

雨还在下着。

起来，收拾了一下自己。20几分钟车程就到镇上的派出所。去照相馆打回执，排队，填了两张官方的单子，妥妥的半个钟头，我被通知一个半月左右可以拿到身份证。

脑海里闪过那个快100岁的阿公佝偻的模样，那个青涩、年轻的邻居姑娘的笑脸，还有池塘边那个大婶每天清晨洗菜时的专注……

在熙熙攘攘的人群中，我连多驻足一秒钟的机会都没有给自己。
迅速钻进了出租车，果断离开。

终究没有回那个村子看看。终究没有联络任何人。
没有为什么。只是不想。

人生苦短，我们都选择了一种桀骜的活着的方式，没有谁会在原地等待。

再见，老屋。
再见，属于28岁不怎么样的记忆。

3

徐洁的朋友给我的支付宝打了形象设计师MBA班的最后一期款。这是她这一个月里给我打的第四次款了。她应该也是过得很艰难吧。

这个跟我有同样经历的女子在我这里报了一个最贵的班。

徐洁给我发消息时我已经在返回酒店的路上，手机回复着几家公司的工作报告.

"用了2个月她才走出来，一来武汉就让我找你报名了。"

"原来有个工作，做得好好的，结果老公要离婚，回去处理，工作也丢了。"

"也不喜欢诉苦，很坚强的姑娘。"

"也没跟老公闹，说那样的事情做不出来，太不得体了。"

雨还在下着。

我一边回复徐洁的信息，一边俯在车窗前大哭。

"太不容易了，我一定带着她好好发展。"

谁也不相信红颜薄命，任何困难也不能妨碍我们去成长！

4

已至凌晨。

已是感恩节。

感谢爱我的你们。感谢坚强如初的自己。

那么，晚安！

时间留白，只想找个安静的角落

1

深夜，风异常的大，吹得门窗呼呼作响，困得不行了，却又怕惊扰了熟睡中的孩子。

硬着头皮起身，门窗关好了却再无睡意。

近来常常这样！

即便是孩子在身边陪着，我总是用喧嚣和寂静这两个本是自相矛盾的词来形容自己！

母亲起身，执意要下碗面条。

再怎么样，我们始终是她眼里长不大的孩子！

不到10分钟，一碗鸡蛋肉丝面做好，还是我喜欢的味道，不那么咸，像缓缓流淌的日子……

奔跑者王阳

母亲很早就对我说过这样一句话：人的一生，总是在走来走去，就像戴着眼罩的驴，不停地绕着圈走，自以为走了很远，其实并没有走出那个房间。

——那个房间的名字就叫回忆！

我谙熟旅行者鞋尖的泥尘。我谙熟旅途里莫名的坏脾气。

"谁人识得潇湘客，袖底携来万顷涛。"

除了宁静与谦和，加上夜晚里的思念的味道，似乎不再容纳任何的东西。

我想如果我是一幢老楼，我希望永远待在大山里，我们走的每一步，每个相爱的分秒都会显示在这安逸的氛围之中，而后也能走出繁华的属于两个人的风景！

出行与归途是属于现代人流浪的方式，我们不停地寻找最适合自己的那个城，以为可以从此停下来依偎在港口起航，然而即使回到原点，也会发现它不再是朝思暮想的那座城。

终于需要再次启程，并无终点！

2

最近时常都在看东林的《时间的风景》和《线城》。

东林有很多女粉丝，我算一个。

老邓把东林介绍我认识那会儿，他刚来武汉大半年，负责403的漫行书店。

武汉锅炉厂，老武汉人都知道，那里曾是武昌主城区占地面积最大的一家老牌国企，也是武汉工业壮大和辉煌的一个象征。

后来，一群有着情怀和梦想的团队，把编号为403的双层车间工业旧址改造成了国际艺术中心。

漫行书店那会儿在一楼，温暖的灯光下总能看见一个阳光大男孩在擦拭书架，整理着各类书籍。他们在短短两年的时间里做了很多交流会、分享会，直到把403国际艺术中心做成了武昌的地标。

"我一哥们，微博、个人微信公号上的粉丝过百万，每篇文章光打赏都不低于4位数，再加上一些软文广告和四处演讲，月收入过百万呢！你的文笔那么好，我觉得你就应该学学他，善于把粉丝经济用到极致！"
我很得瑟地发了这段话给东林。

"各人有各人的命，我按照那样去弄，未必就成功。就像你，谁模仿王阳能成为另一个王阳呢，你走过的路草都不长。"
他回复我这段话时，着实让我吃惊了一下。

羡慕东林。
静下心来写几本好书，带着颗年轻的心到处行走，我想，应该也是为了寻找停下来的理由吧……
仅此而已。

这一时刻，记忆重叠的影像，让汉街的夜晚变得不再陌生。

一个人，走了那么远，想了那么久，学会了不再轻易说累，学会了不再轻易落泪。

前行的路永远都是未知的，却充满无限的期待和惊喜！

这应该，也算人生的路吧！

23：00。

我与冬冬就"550艺术沙龙"如何链接发展作了细致的交流。
正看电影的陈尧因一条指令深夜赶赴合作单位谈项目对接。
邹博运营的自由美学馆新季度培训在火热的探讨中。
杨欣挥泪将二级市场的商业计划书修改了5遍。
为了圆一场诗歌+服装秀的梦，安心也连续三个晚上苦读法国四个知名网站。
罗晨将出差新加坡的计划延后了六天。
处理光合立行团队协作的某大叔运营能力上有了质的飞跃。
送完希菲洛·悦私享空间国画课的最后一名学员，我和昆凌还在复盘着下个
阶段的工作计划。

一杯咖啡、一盏灯、一盒胡娜送的巧克力。
今晚陪伴的还有依然喧嚣的汉街……

忙完月初长沙部门跟进会，我又打算放放假。
给自己一段老时光，独坐在绿苔滋长的木窗下，泡一壶闲茶即可。

如果真像书上来一场艳遇，以我保守得不得了的性格，也没想渴望有太美的
结局。
把工作和教学计划排到了小年，新年将至，我居然生出无数的恐慌。

女人，要的真的真的不多……

有多少个你跟我一样，只想做一株遗世的梅花，守着寂寞的年华。
在老去的渡口和某个归人一起静看日落烟云。

将清凉的过往，深埋！
我们仍然满怀期待！最好的时光已过，最美的时光还未到来……

两条路

1

我愿
用诚意与时间
把个人爱好
融入企业生命

我居住在这座城市的三环内，仍然单着，即便孩子都10岁了，渐渐懂事。偶尔也会感到孤独，可并不是寂寞，其实这两者无法相提而论，不是一回事。

人家说36岁是个转折，毕竟是人生的第三个本命年。当然我觉得这一年，我应该学习董明珠。36岁从格力一名基层业务员做起，不知营销为何物的董明珠，却凭借坚毅和死缠烂打，40天追讨回前任留下的42万元债款，令当时的总经理朱江洪刮目相看，成为营销界茶余饭后的经典故事。

董明珠在这一年有如此"美妙"的开始，2017年的到来，让我认为36的年龄并不是件坏事。活到我们这个岁数，酸甜苦辣，风霜雨雪，啥事没见过？倒是心，比任何时候都平静，平静地面对周围的人群，平静地面对事业，平静地面对未来无法预料的未知。

有人说，人生的三把钥匙：接受、改变、离开。
在我看来，这其实是人生的三个状态。

常常有悔不当初之意，最大的原因，是在年轻的时节，荒废了太多的光阴，以至于到如今这把30多岁的老骨头，得花大量的时间来补足些能量和知识，有时候可以用废寝忘食来形容。贪吃、懒惰、邋遢、缺乏活力，我不再是

希菲洛掌门者王

那个满满负能量的女子，最起码，我是为自己而改变。

阿里说我如夏季灿烂的落日一样，有着丰富的想象力和创造力。我说，我如我喜欢的黄色一样，明亮而温暖，兴高采烈，我总是以乐观的态度应对很多事情……

"杯子里已有半杯水了"是什么状态？不轻易晃荡，不造作，不刻意，不咸不淡，不深不浅……这是我喜欢的日子。

我总想，与历经生死比，这些小茫然小挫折又算哪门子事呢！人生的感悟与蜕变的成长，本来就是水乳相融的和谐之乐。

铭记，遗忘……不管白天经历了怎样的泣不成声，清晨醒来，这个城市的车水马龙和自己稍加整理修饰过的心情，没有工夫继续等待。

我喜欢书，但不仅仅是书。
我想做书店，也不仅仅只是书店。
爱好或许可以复刻，但生命不能。

明天，只有两条路：一条拿来怀念；一条，只能坚定不移地走下去。

2

我愿
用书籍与情怀
安放都市里喧嚣的灵魂

时光的车轮快要碾过2016年，比起十几年前，我们没有变得更加悠闲，反而变得越来越忙碌，觉得时间越来越不够用，工作与休息的界限越来越模糊。

我们的工作和生活已经密不可分，当我们上班时，我们可能也在刷微信朋友圈；当我们回家吃晚饭时，可能也在回复邮件；就算我们在陪伴孩子时，也可能不断回复各种工作群消息。完全不工作的时间已经不存在了，我们觉得每时每刻都在忙碌，一刻都不得放松，我们根本无法全身心地投入到一本好书里面细细品读。看书，其实更需要环境。

书店不只是卖书，更是在提供多元化的服务，
书，也不在乎拥有，而在乎阅读。

你多久没有品读一本好书了？
一天，一个月，一年？
或许你自己都已经不记得，
我们希望书店不仅仅是一个简单的容身之所，更期待它能营造出一种生活态度，一种静下来的安然自若，足以安放都市里喧嚣的灵魂。

我想，在某个洒满阳光的午后，穿过密集的人群，在靠近宽阔落地玻璃的一角，能看见你，手捧一本书，合着珞狮北路车水马龙的背景，还有淡淡的笑容，被定格，那一刻，你成为世界的中心。

3

我愿
用匠人与作家
拉近书店与形象设计的距离

一个是精神层面的虔诚洗礼，一个是物质层面的焕然一新，没有人曾把它们糅合在一起。而我们正准备做这样一件看起来不可能的事。

拥有八年形象设计积累的希菲洛，依托她的影响力与知名度，我们准备

打造一个"希菲洛艺术空间"，其内核将囊括希菲洛形象设计与550书店等多维空间分布，让内在与外在的同步提升变为可能。

或许，上午你还在550书店享受完一本好书，下午就已经在希菲洛形象设计空间化了一个精致的妆容、搭配了一套专属自己的服装，随时准备迎接晚上的各类PARTY；或许，以前你想要打造个人专属形象，却苦于常年带着孩子，根本没有时间，现在却可以让孩子在550书店找一本自己喜爱的书籍，安静一整天，而你，则在隔壁让时尚匠人为自己打造专属形象定制。不必奔波，不必匆忙，一切都刚刚好。

书中自有颜如玉，书店与形象设计自古就密不可分，书可以提升人的内在气质修为，而形象设计则可以拉高你的品位以及在别人眼中的初步印象，它们都与"美"紧密相联，而我们现在要做的就是把她们糅合得更加顺畅。

书香是生命永恒的香味。春花读到秋月，从夜雪初霁读到朝辉甫上，在春秋默然交替里，在岁月寂然运行中。心灵因书，时而大恸，时而微喜，时而寒霜彻骨，时而微风拂面，一波三折，百转千回，在起起伏伏中，或悟人生至理，或叹人世苍凉，都不失人生之快事。即便从青春读到暮年，从黑发读到皓首，也自痛快淋漓，无怨无悔。

我相信，
每个人、每个群落、每个城市，
都需要一家温暖人心的书店，无论大小远近，
每个城市都要有一个让人心安的地方，
而550书店就是这样一个富有温情的地方。
你可以在这里，
享受独属于自己的心灵栖息，
享受独属于自己的一份柔软时光。

　　书中自有颜如玉，书店与形象设计自古就密不可分，书可以提升人的内在气质修为，而形象设计则可以拉高你的品位以及在别人眼中的初步印象，它们都与"美"紧密相联，而我们现在要做的就是把她们糅合得更加顺畅。

——王阳

钟爱550

当整座城市被黑夜笼罩的时候，
武汉电脑城六楼的550书店灯还亮着……
有准备通宵看一本好书的爱书之人；
有为工作熬夜做PPT的白领；
有为考研积极备战的大学生；
有为新项目开展头脑风暴的创业者；
有来参加深夜电影放映交流会的资深电影爱好者；
有为了省钱只是来睡一觉的人……
每一个黑夜里不安分的灵魂都值得被尊重。

如果我在550书店遇见你，
我们可以一起鸟瞰川流不息的珞狮北路，
如果能看见彩虹，那也是很兴奋的事吧！

如果我在550书店遇见你，我想，你会和我一样，
很快就迷恋上密布在武汉大学里的梧桐树，
走过夏天，走过秋天，走过冬天，走过春天，
走过自己……

如果我在550书店遇见你，
我会带着你去看成片樱花，
吮吸着大自然的味道，
感受着校园林荫小道上的微风习习。

如果我在550书店遇见你，
我们每个人都是斑驳尘埃里的一个分子，
在这大千世界里游离徘徊，
假如550书店将把我们聚在一起，
你又会有怎样的期待？

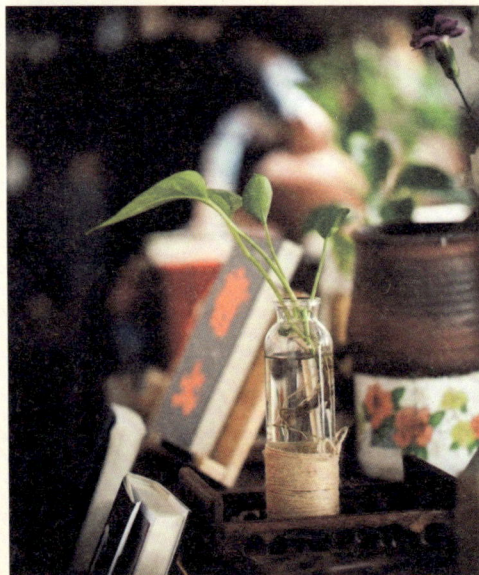

我们有
书与咖啡的醇香

　　咖啡和书有一个共同的特征，都谈不上是必需品，来享用它们的人，多是对生活品质有追求的。他们看书时，脸上的宁静很美。咖啡和书一样，享用它是需要时间的。愿意把时间花在这样的"非必需品"上，敢于在这些美好的东西上浪费时间，把读书和喝咖啡当成一种生活方式的时候，我们才真正摆脱了焦虑地"活着"的尴尬境地！让书与咖啡的醇香，带你走入内心的宁静。

我们有
原创手作的态度

　　在很久很久以前，我们的生活里有着许多手艺人。不管是手中的碗筷，还是身下的床椅，大多出自他们之手，但渐渐的，在快节奏的时代里，科技与机械代替了大部分手作，一些传统的手艺日渐式微，可还是有那么一小部分的人，他们坚持着最传统的方式，在一针一线、一刨一锯间用手作表达着自己的态度。

　　我们会邀请多家原创手作品牌入驻550书店，陪着他们一起坚持，一起迎接春暖花开。

我们有
弥久常新的守候

　　550书店，不仅仅是经营时间的延长，

夜晚，她有着不同于白天的活动和内容，可以提供观影活动、音乐欣赏、读者交流等，真正把书店打造成一个文化空间，让那些在黑夜中不安分的灵魂都有归宿。

我们有
多元活动的分享

550书店会发起不定期活动，沙龙，或者作家分享会，又或者是各类展览，都是不错的文化之旅，一群有着共同爱好的人，就着书店的氛围展开交流与探索，认识彼此，了解彼此。

我们有
背包客免费住宿

我们愿意更加直接地传承武汉这座城市的人文关怀，当我们需要在一座陌生的城市落脚时，没有什么比住宿更能让人感到踏实与温暖，提前免费预约审核即可，这里永远有一间房等你。

我们有
明信片邮寄服务

当你沉醉于书中的某个片段时，惊奇地发现与过往的某个时刻不谋而合，让你想起了某个远方的她/他，你拿笔，寄出了一张明信片，问一声：你还好吗？

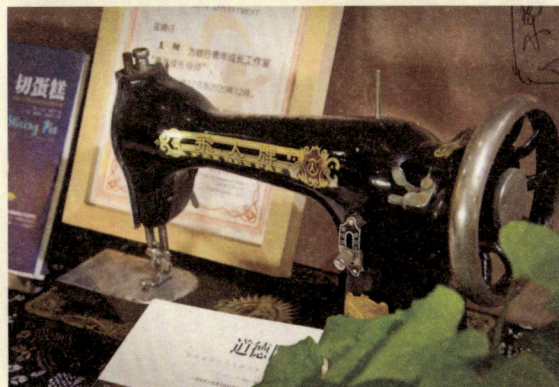

希菲洛550书店诞生记

□ 雄 风

> 刚刚从英国毕业回国的雄风，自荐加入550书店项目的筹备工作，让我们跟随他的脚步一起，去感受550书店一点一滴的改变……

今天，是我毛遂自荐参与建设希菲洛艺术空间旗下550艺术书店的第三天。这三天，正是辞旧迎新时刻。而希菲洛正是在这样的时刻，迎来她的一次重要的蜕变。我是这次蜕变的参与者、见证者，当然，我更愿意以一个观察者的身份，与大家分享我的所见、所思。

第一天（2016年12月30日）

上午，如约赶到希菲洛。

希菲洛处在武汉电脑城的六楼。武汉电脑城坐落在武大、华师的交会处。去英国之前，我常常在这一带晃悠——因为补修了武大的二本，我常常在日落时分骑着单车，穿越大街小巷，穿越东湖边的林荫道，从我的母校来到这个地方。

据校友们说，华师的正门口是有一家书店的。百度一下，这家书店叫"利群书社"。这书社可是大有来历。书社最初成员为恽代英、林育南、沈志耀、廖焕星、郑遵芳（郑南宣）、郑兴焕、刘世昌、魏君谟（魏以新）、胡亮成、李伯刚、萧鸿举（萧云鹄）和余家菊等12人。不久，林毓英（张浩）、萧楚女、李求实、陆沉（卢斌）先后加入。其宗旨是集志同道合的青年学生为"利群助人，服务群众"的团体，为改造社会造就人才。以后，书社的大部分成员加入中国共产党。书社与全国许多进步社团有来往，和李大钊、陈独秀以及胡适等社会名流保持着密切联系。董必武、陈潭秋等经常来此阅读。

可等到我等来武汉就读之时，这家书店已消失得毫无踪迹——在书店的旧址上已修建"广埠屯资讯广场"，电脑、手机、电玩占据着整栋大楼，两座著名学府的门前，竟无一处可供停下脚步，静心挑选书籍或者坐下来阅读、发呆。

一切都太快了。以前从我家蔡甸来到这里，如果运气好，不堵车，大约需要两个半小时；要是运气差一点，花三个多小时，也可能还在长江大桥上看风景。

有了地铁，有了共享单车，在这座城市，距离已不是问题。

距离近了，心却远了。不管是在中国还是在英国，不管是在武汉，还是在北京，这都是一道难题。

当我站在希菲洛门前正胡思乱想的时候，王阳姐来了。她身后跟着一群工人。

她说：拆！把隔墙拆掉！把地板拆掉！把整个空间全部打通！

在她的一声号令之下，工人师傅们立即开始行动。

王阳姐为了让我快速进入状态，给我布置了任务：这里以后叫550艺术书店，这个空间如何装修、如何布局，请拿出一套方案。

其实我是本着一颗来看看老朋友的心态来到这个我熟悉又陌生的地方的，但王阳姐没有给我太多准备时间，就给我安排了任务，并且很认真地询问我关于书店的构想和意见。

我几乎是立刻进入状态的：参看以前的文案风格，结合正在逐渐被清空的空间构建我理想中的书店，并调动我身体里的每一个细胞……这种感觉，就好像在英国参加黑客马拉松时，小组破冰后，大家马上着手去头脑风暴，并积极地相互沟通，相互启发，一切的一切只为了更好，更出色地完成小组的目标。

见证任何事物从无到有的过程这件事情本身就很酷，更别说是能参与，甚至把自己的想法融入这件事物中了。

虽然嘴上是这么说，但是真正让我对550书店有很大期待的原因，我并未对王阳姐细说。在城市间流浪的背包客的驿站，城市深夜里的一盏明灯，一个让人能放松放心地、安静地读书的空间……这才是让我感动、期待，并愿意为之付出时间和精力的事物。

我还记得那若干个夜晚，我在武大上完培训课已是深夜，而彼时回学校的公交车已经停班。抱着侥幸心理的我在武汉电脑城面前的广埠屯车站，傻傻地等着看会不会还有车来，最后不得不去朋友家借宿……那是种没有安全感的无家可归的感觉。即便只有那么几分钟，我体会到了，但那种感觉那么深刻。那是种无助感，是一种无能为力的感觉。

我想那时的我，或者未来某一个恰好"流落"到广埠屯这条繁华街道的人，能透过武汉尚未散去的雾霾，看到这盏明灯，内心会充满温暖的感觉。

王阳姐的执行力是让人近乎无法喘息的。

当天下午，第一个小任务还没有做完，她的朋友、诗人川上老师就赶到了。

驱车，穿越大半个城市，汉口的图书大世界。

开一家书店并不是一件容易的事情，书的种类，书的主题内容，书籍的装帧及其品质、价格、目标人群……这些问题太多太细，又需要人一个一个耐心地去解决。

而图书大世界的实际情况，让我从一个侧面看到了在我们国家网购如此盛行的今天，卖书盈利的艰难……是什么，让王阳姐在这个人文精神式微的今天逆势而为？

或许，时代在变，但是人的初心不变……

第二天（2016年12月31日）

不破不立。

原来的我所熟悉的希菲洛已被拆成一片废墟。站在这废墟之上，我也多有感慨。

王阳就是那种传说中的爱折腾的女子中的典型。她的希菲洛前几年还在

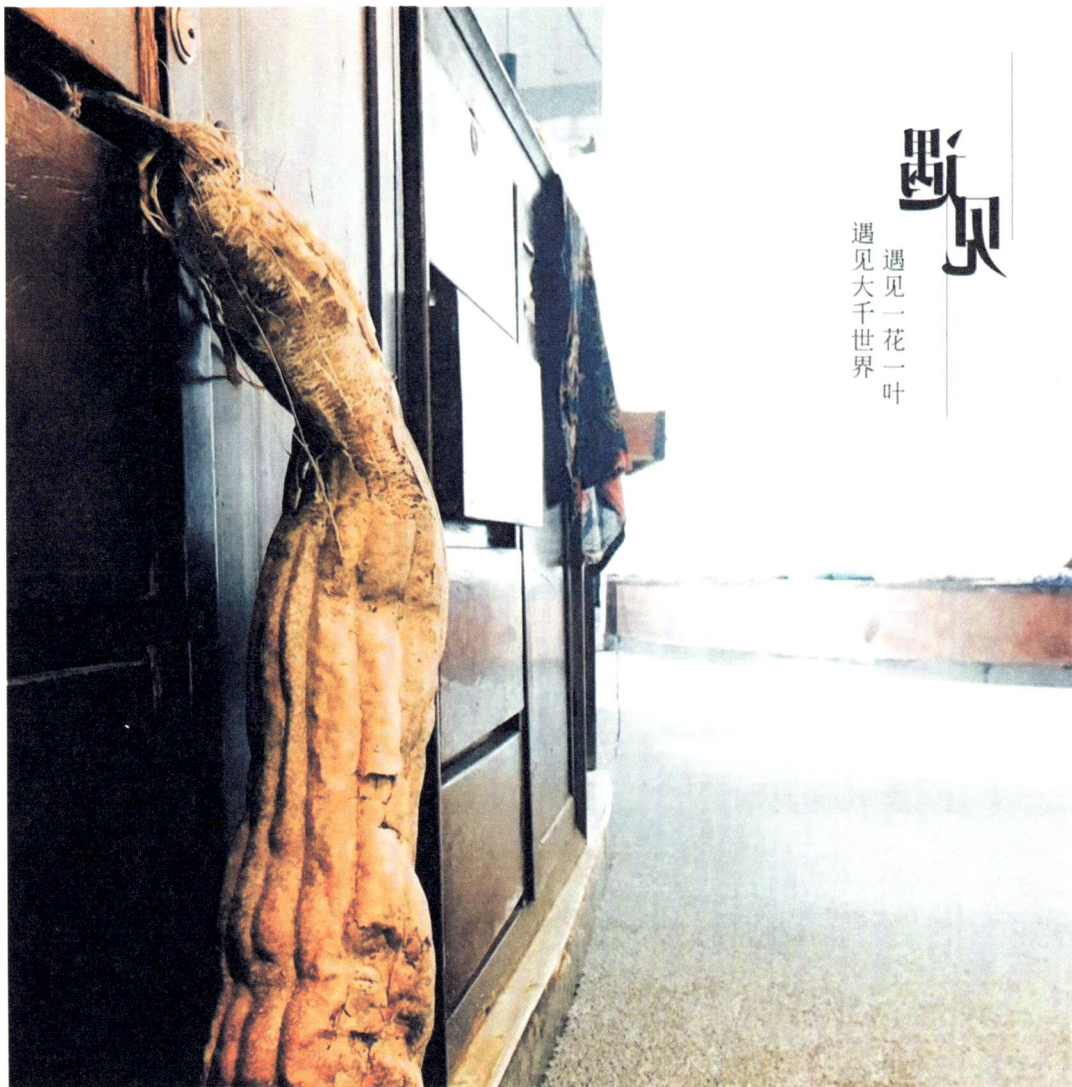

遇见

遇见一花一叶
遇见大千世界

未来城，一个百来平方米的套间，可她凭着一股子拼劲、韧劲，凭着智慧、才华和热情，把形象设计产业做得风生水起。因业务发展需要，前年希菲洛总部搬迁到武汉电脑城的六楼，就是在这个600平米左右的地方，希菲洛把形象设计产业做到了武汉的第一，并跻身全国十强。

2014年她组建"武汉女子跑团"，组织"武汉国际女子马拉松""环东湖健康跑""大洪山禅修马拉松""乡村马拉松"……一场赛事接着一场赛事，每一次都那么耀眼。据说最近深圳的一家上市公司，一直在和王阳在谈收购的事宜，王阳说，这家公司是国内体育赛事运营的NO.1。

前不久，她的希菲洛又发展壮大了。她在汉街边的凯德步行街，开办了"希菲洛•悦空间"，这家沙龙性质的培训机构，刚一开业，便得到众多女性朋友的热爱……

希菲洛的主业是女性形象设计，这与书店有什么样的关系呢？

早上一位股东娟姐把她的宝宝带过来了。小孩子四年级，很聪明，也很讨人喜欢，知道安静地写作业，知道妈妈做的事情很辛苦，但很有意义。不过她居然开我的玩笑，喊王阳"姐"，喊我"叔"。虽然后面一直是叫哥哥，但刚见面那句"叔"真是一万点暴击伤害啊……

我把我们所拥有的空间大致地量了尺寸，并画了一张草图。当晚就把我们白天的所有设想，用我能做的方式呈现了出来。

整层楼我们能利用的空间做书店的空间。虽然学过的CAD还有些底子，但电脑并没有这个软件，于是我就用Keynote写了一份设计方案。我从来没有想过做PPT的软件，可以拿来做室内设计。然而这个临时想到的办法我就直接用了，效果还很不错。

别给自己的人生设限，这句话我一直记在心里。不会不要急，可以学，任何事情都是熟能生巧的。

当然，这只是一个草图，只是一个构想……但是扎克伯格说：
Done is better than perfect.
多少梦想，就是因为想做得完美，结果被一拖再拖，最后不了了之呢？

到下午，场内拆的那些垃圾被清理得差不多了。需要我们行动的时刻就到了。

王阳姐说：我装过好几个门店，曾经用大把的银子请过专业的设计，几次下来，都觉得最终的方案都是自己设计的。这一次，我们就任性一点：我们不请设计公司，我们自己来做设计。我是设计师，大家都是设计师。

看着王阳姐自信满满的样子，我仍有点摸不到头脑。

王阳姐安排电工把电源插座分布到每一个座位，尤其是临街的那排落地玻璃窗的位置，是重点区域。今天天气很好，大片的阳光隔着玻璃照进来。如果坐在这个位置读一本喜爱的书，就一杯咖啡，待上一个下午，这样的人生，多么美好！

我们将做一种简约，甚至朴素，但是很温馨、很怀旧的风格，我想象的这家书店，就像我多年前的家一样，地是水泥的，只是刷着一层清漆；家具都是旧的、原木的，覆盖着一层厚厚的国漆，那种红有着厚重的历史感；我们要把能够收集到的各种坛坛罐罐，过去我们用过的小物件拿来做摆件；我们要把稻穗、麦秆插进陶罐里，这就是我们的花瓶……王阳站在那里构筑自己的梦想，我们都安静了下来……

"今天下班前，把水泥地面全部刷上清漆……"

第三天（2017年1月1日）

今天是2017年的第一天。

上午参加了王阳姐组织的2017迎新跑。作为摄影师的我，记录了很多美好的瞬间。健康是每个人都需要的，向往的，跑步只是变得健康的一种方式……

有自己来的，有三五成群来的，有带小孩子来的，有夫妻来的……形形色色的人，让梨园在2017年第一天的早晨变得格外热闹。

550书店

离开武汉几年，这次回来，感觉变化特别大。一座城市与人一样，也是在生长的。以前的武汉多少也有点像一个毛头小伙子，有着一种很强的躁动，风风火火地充满生命力，来不及注意细节，甚至不修边幅。你看看到处可见的工地，就可以看出野蛮生长的样子。到现在，地铁通了，主干道高架通了，东湖绿道通了，主要的一些绿化景点开园了……看着这些来来往往的人群，他们似乎也不再像过去那么粗着嗓子说话，这座城市一下变得儒雅起来……

下午到希菲洛，王阳正对着一套书柜、书桌感慨。她说，前天发微信征集旧家具，一位网友今天把这套送了过来。那位网友说，为了这套家具，昨天晚上她的老父亲没少流泪。这套家具跟了她老父亲大半辈子，多么不舍啊……可想到这套家具要去书店，他最终认为这是一个最好的去处……

纯手工、榫卯、国漆……还有着几十年岁月的痕迹。
这正是王阳姐所钟爱的。的确，这套家具再一次遇到它的知己。

"你这几天一直很困惑我为什么要开这家书店吧？"
"我打小就是爱书的。在一本书中或喜或悲，或者单纯的，就是喜欢抱着一本书发呆。很早我就有开书店的念头，就像很多女孩子梦想有一家自己的咖啡店。也许是造化弄人，我做了希菲洛，这些年，我做形象设计，接触的个案多了，我就发现，养人贵养气，'腹有诗书气自华'，作为个人，最好的提升方式其实来源于阅读。希菲洛的主业并不会因为开这家书店而改变，我们所要做的是要把这两者完美地结合在一起。"
王阳姐述说着这番话，一张张画面浮现在我面前，过去的、未来的，仿佛在这一刻被打通……

最好的教育，是让心灵感动的教育。
多少年了，我们忘记了这一点。
而在新年的第一天，在这个温暖的下午，在这样一家培训机构，我为一个人、一群人的想法而感动。

王阳姐的旧家具征集计划，得到了热烈的响应。书柜、书桌陆续不断地送进来。它们将物归其位，它们将因在其位而得光芒……

希菲洛形象设计机构团队

希菲洛课堂

希菲洛·550书店

马拉松

马拉松现场

神传奇

很多时候，我爱一个人，爱一个女人的时候，感觉像在爱自己。

爱自己的这一面，或者另一面；爱另一半的自己，或者爱一个完整的自己；爱自己的前生，或者后世；爱自己的现在，或者将来；爱无奈的现实，或不可能的理想。

爱一个完整的女人，爱一个完美的女神。

——阿毛

感觉像在爱自己

□ 阿 毛

夏娃的自述：我是第一个

我是第一个。

第一个睁开眼睛的。第一个看到太阳。第一个看到很高的天空，飘着白云。第一个看到高处的树木，低处的花草。第一个看到高山、石头、沙滩、海水。第一个看到飞鸟。第一个看到游鱼。第一个看到月光。第一个看到星星。第一个看到我自己……我是第一个看到万物的。万物都有自己的名字，都有自己的形态和颜色。大的，小的；高的，低的；动的，静的。我的眼睛看都看不过来。我是谁呢？什么样的？是太阳，还是月亮？是花还是草？我的它们都不像。哦，我的是不同的。我是第一个，不同于它们的第一个。你们未见的上帝把我叫做女人，第一个女人，夏娃。

我是第一个。

第一个听到风声和虫语鸣；第一个听到雷声和雨电；第一个听到海啸和鸟歌和我自己的心跳……我是第一个听到万籁的。它们都有自己的声音。低语的，高吼的；轻唱的，浅吟的。我的耳朵听见了各种各样的。我的声音是不是虫的、鸟的？有时候像，有时候又不像。哦，我的是不同的。我是第一个，不同于它们的第一个。你们未见的上帝把我叫做女人，第一个女人，夏娃。

我是第一个。

第一个闻到空气的香味、泥土的香味，闻到花的香味、草的香味和我自己的香味。清凉的、干爽的、微醇的、醉人的。我的鼻子吸了又吸，很多不同的香味通过我的鼻子透到我的其他器官上了。我的香味是不是花的、草的？仿佛是，又仿佛不是。哦，我的是不同的。我是第一个，不同于它们的第一个。

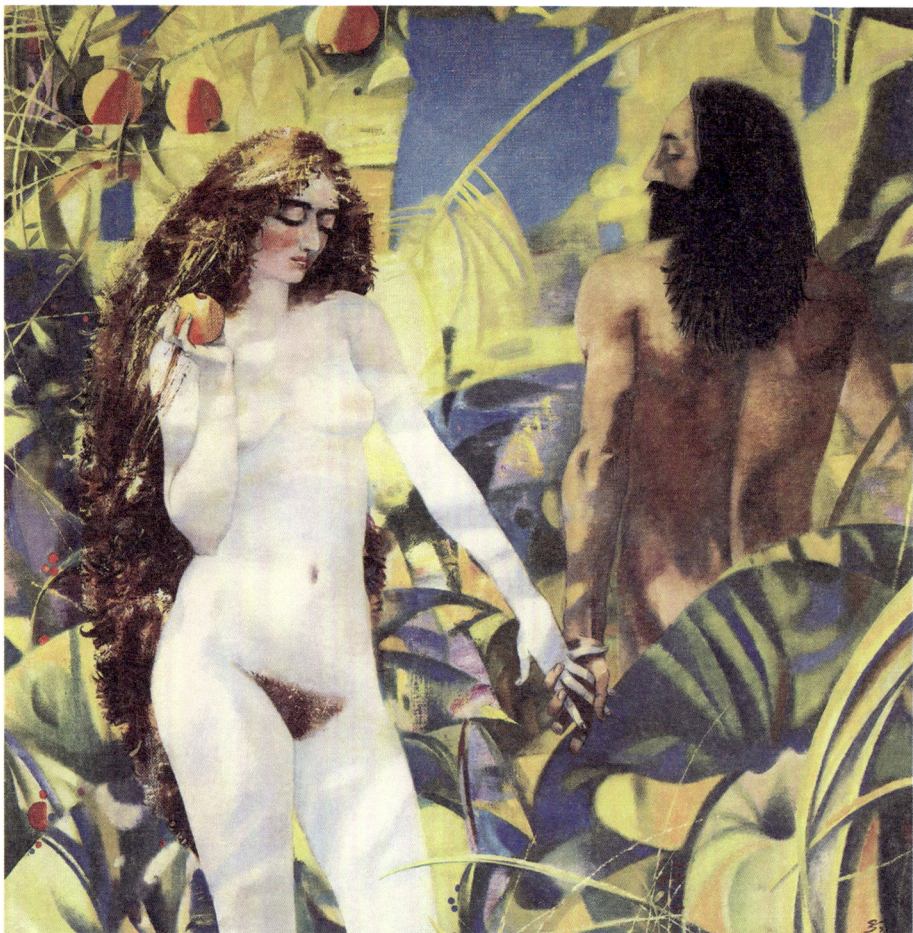

伊甸园里的亚当、夏娃

你们未见的上帝把我叫做女人，第一个女人，夏娃。

　　我是第一个。
　　第一个品到海水的味道、雨水的味道，品到果子的味道、树叶的味道和我自己汗水的味道。咸的，淡的；甜的，苦的；辛的，还有我说不出来的。没谁告诉我。我的味道是不是雨水的和果子的？不完全是，哦，我的是不同的。我是第一个，不同于它们的第一个。你们未见的上帝把我叫做女人，第一个女人，夏娃。

　　我是第一个。
　　第一个触到石头的硬度、花的柔嫩；触到沙滩的柔软、海水的温纯和我自己皮肤的细腻。坚硬的，柔软的；粗犷的，细腻的。我的质地是花的，水的？是温柔的，细腻的？我的是不同的。我是第一个，不同于它们的第一个。你们未见的上帝把我叫做女人，第一个女人，夏娃。

我是第一个。

第一个不知开始，也不知结束的人；第一个没有记忆，只有未来的人；第一个拥有清纯与天真的人；第一个感受到大自然完美和谐的人；第一个碰到他的人。他和我是一类的，有头发，有眉毛，有眼睛，有鼻子，有嘴巴，有耳朵。有手，有手指甲；有脚，有脚指甲。但却是不同的。有一处的差别，很大。哦，我和他是不同的。我是第一个，不同于他人的第一个。你们未见的上帝把我叫做女人，第一个女人；把他叫做男人，第一个男人。

我是第一个女人，我叫夏娃。长长的头发，柔软的皮肤；乳房丰满，腰姿纤细。张开口，就要唱出歌；迈出脚，就似在跳舞。

他是第一个男人，他叫亚当。不长的头发，粗糙的皮肤；肌肉饱满，身板强健。他唱歌的声音不同，走路的姿势不同。

我是第一个女人，我叫夏娃。他是第一个男人，他叫亚当。上帝让我们住在伊甸园里。我见到亚当之前我走了很多的路，见了很多的事物。我不是用亚当的肋骨造的。那是上帝骗你们的。因为上帝倾向于做男人。所以他说了谎。真实的秘密其实就是：上帝用右手造了女人，用左手造了男人。他们两只手同时运作。因为右手比左手便利，所以他造的女人，比男人漂亮，比男人细腻；他造的男人比女人粗犷，也比女人粗壮。为了让两只手合拍，所以他让女人的山峰对着男人的平胸，男人的山峰对着女人的山洞。然后把我们放在一个叫伊甸园的地方。我们起先是朝不同的方向走，上帝说，朝不同的方向走，是为了让我们最终走向对方。当然是我最先看到苹果的。不是蛇的指引。伊甸园里没有蛇。只有慢慢走出来的欲望，还有我后来认识的元素——爱。

我是第一个，因而是永生永世最幸福的。我们是第一对，因而是永生永世最完美的。什么都是第一次，第一次认识笑，第一次认识美，第一次有了欲望，第一次有了爱。清纯、天真、和谐、完美。

我是第一个。第一个女人。第一个女人的名字叫夏娃，和亚当住在你们找不到的伊甸园。因为你们可以走向未来，却永远回不到过去。所以，我是幸福的，你们是悲哀的。

感觉像在爱自己

很多时候，我爱一个人，爱一个女人的时候，感觉像在爱自己。爱自己的这一面，或者另一面；爱另一半的自己，或者爱一个完整的自己；爱自己的前生，或者后世；爱自己的现在，或者将来；爱无奈的现实，或不可能的理想；爱一个完整的女人，爱一个完美的女神。

我爱李清照，是爱她的婉约与豪放；我爱乔治·桑，是爱她的浪漫与母性；爱伍尔芙，是爱她的优雅与疯癫；爱杜拉斯，是爱她的任性与放纵；爱波伏娃，是爱她的女权与睿智；爱弗里达，是爱她的顽强与疼痛；我之爱奥斯汀，是爱她村姑般的自然；我之爱狄金森，是爱她修女般的自闭；我之爱勃朗特三姐妹，是爱她们在世纪文坛上的天才集束与稀有；我之爱莎乐美，是爱她以女性的美丽之躯与理性之脑在诗人、哲学家与心理分析学家之间自如穿行的能力；我之爱阿娜伊斯，是爱她的150卷日记和放纵而幸福的一生；我之爱奥姬芙，是爱她画笔下神秘的花和大师般、老祖母般的长寿；我之爱卡米尔，是爱她青春时天才的光焰与困入疯人院后的寂然余烬；我之爱普拉斯，是爱她诗中骇人的特质和对死的钟情……我之爱她们，是爱簇拥她们或离弃她们的爱人或仇人，成就或者毁灭她们的天才或疯子；我之爱她们，是爱她们穿过的衣服、睡过的床铺、走过的街道、看过的书卷、弹过的钢琴、写过的书和画过的画……她们有多少面，我就爱了多少面；她们有多少个，我就爱了多少个。一面爱不完，我就用女人的许多面来爱；一生爱不完，我就用女人的许多个一生来爱。如若我的身体和灵魂爱不了，我就用文字，对了，用向她们致敬的文字来爱她们。

我爱她们。我之爱她们，是爱她们的天赋与独特，爱她们的盛名与孤寂，爱她们在时间长河中钻石般的光芒……

我爱，我爱啊！我爱这一长串闪亮的名字！

现在，我还要加上一个因我的阅读视域狭窄而漏掉了很久的一个名字：阿尔玛！阿尔玛·申德勒！但我之爱阿尔玛，不是爱她本身的光焰，而是爱她那种把天才网络在她身边的魅力！

我之识得阿尔玛·申德勒，是因为先识得奥地利画家古斯塔夫·克利姆特的甜蜜而颓废的《吻》和奥斯卡尔·考考斯卡忧伤如风暴般掀动情欲的《风中新娘》。克利姆特的《吻》和考考斯卡的《风中新娘》一直就像我记忆中的艺术名片一样，醒目地存在着。我无数地在脑中和书本里爱它们的美以及它们的美给予我的视觉惊喜、我诗歌创作的想象力与灵感，却从不曾去挖掘这两幅画的成因和人物原型，直到我邂逅到影碟《风中新娘》（2001年派拉蒙经典电影公司出品。**导演：布鲁斯·贝尔斯福德，主演：萨拉·温特、乔纳森·普莱斯、樊尚·佩雷**）。影碟《风中新娘》的封面，其实就是一幅具有古斯塔夫·克利姆特的油画风格的碟影，它的人物造型和色彩与油画的《吻》几乎一模一样，如果不是男女人物的真实面庞，你一定要误认为它就是克利姆特的油画的《吻》。相拥而吻的人物周围，是五颜六色的小花朵般繁复而华丽、密不透风的装饰。五颜六色的小花朵般繁复而华丽、密不透风的装饰，其实就是克姆利特的油画风格的标识与符号。我眼之一触《风中新娘》的片名，脑子里猛然就涌现出卡卡斯卡的蓝色风暴里纠缠的男女。我想这部电影可能就是某个画家的传记片了。可看到影碟封底的介绍，才知道它竟然是一个女人的传记片，一个与三四个天才男人有情感纠葛的女人传记片。这个女人不是别人，正是阿尔玛·申德勒。我由此记住了这个名字，记住了这个把天才男人网罗在自己身边的女人。

记得法国有一位女演员曾说过这样一段话："我希望我有一幢大房子，能把我爱过的男人，都装在这幢房子里！"而阿尔玛却是一个把自己爱过的天才男人装在自己的身体房子和心灵房子里的人。阿尔玛本人就像是天才男人的小型陈列馆。这个陈列馆就权当作她的第二任丈夫沃尔特·格罗皮厄斯设计的吧！阿尔玛在这个艺术陈列馆里穿行，她的身体和灵魂浸着她的第一任丈夫马勒的交响乐，墙上挂着情人卡卡斯卡以他们的恋情为原型的画，书房里堆着她的第三任丈夫的弗朗兹·魏菲尔诗集和小说。阿尔玛想要身体舒服，就想想沃尔特·格罗皮厄斯的英俊身体和他的伟岸建筑；想要心灵愉悦，就倾听马勒的交响乐，欣赏卡卡斯卡的油画，诵读弗朗兹·魏菲尔的诗文；再或者弹弹钢琴，回味自己初作人妇之前的音乐成就：9岁就开始作曲，少女时就弹得一手好钢琴。青年时就是维也纳著名的女钢琴家兼作曲家。她自己创作了100首曼妙的歌曲，虽然它们在当世很少有人唱起，也无力流传于后世。但这样的才华对于女性来说，仍是稀有的，值得推崇的，所以在维也纳，她的音乐才情与她的美貌一样有名。

她惊人的美貌、脱俗的气质和独特的魅力注定了她的石榴裙的花边和她的乐谱、她的钢琴手法一样风生水起。

所以，别指望阿尔玛给这个陈列馆当导游，因为她本身就是这个天才陈列馆的一部分，一个重要的组成部分。在这里，我就权当一次导游吧，暂且把这个陈列馆，命名《阿尔玛和她的天才男人们》。

阿尔玛·申德勒

　　看看阿尔玛的背景资料。"阿尔玛·申德勒（1879—1964）出身名门，父亲是一位画家，母亲是名噪一时的演员。她很小就表现出在音乐上的天赋，并接受了良好的音乐教育。16岁时，她已经吸引了无数艺术家拜倒在她的石榴裙下，不仅仅因为她的美丽优雅，她的博学多才也令人刮目相看。20岁时她已经创作出一些相当有水平的乐曲，这些作品到后来才发表，其中显露出她独特的趣味和准确的技巧，并得到了很高的评价。"她留给后人的精神财富，似乎不是她的音乐才情，而是她和一帮天才男人的感情经历，她给予他们的艺术灵感和激情。

　　据阿尔玛晚年的回忆录称，古斯塔夫·克利姆特（1862—1918,奥地利画家）著名的《吻》是以她给克利姆特的初吻为原型画的。克利姆特喜欢阿尔玛和她惊人的美，阿尔玛喜欢克利姆特和他独特的画，但是克利姆特的画家好友、阿尔玛的继父却并不鼓励这对男女交往，再者阿尔玛当时年轻，心性未定，喜爱拿着自己的玉照，到处调情，吸引追求者。两人终究没有成为恋人。于是，后人对于阿尔玛和克姆利特的亲密关系的猜想与推测，就只留下了由这张《吻》里发挥的想象了。但这对于一个喜爱搜集天才男人的女人来说，这个《吻》无疑是一个美好的开端。不管这个吻是吻在嘴上，还是吻在心里，但它最终是吻在永恒的画上了，这就意味着它吻在永恒的岁月里。如此开端，就意味着不朽，何况不久就有一位相当著名的音乐家来接力。

接下来的是阿尔玛的第一任丈夫：古斯塔夫·马勒。据相关资料介绍："古斯塔夫·马勒是奥地利籍波西米亚作曲家、指挥家，他作为以维也纳为中心的著名交响乐派最后一位作曲家享有很高的声誉。影片中涉及他与阿尔玛的女儿的死，他为悼念女儿所作《大地之歌》，是他的代表作。阿尔玛的音乐才华被马勒遏制，如果没有弗洛伊德对马勒的治疗，恐怕我们永远也无法听到阿尔玛的歌曲了。"阿尔玛初识马勒之前，并不喜欢马勒的音乐，但她很快被对她一见钟情的马勒的才华和盛名所吸引。两人很快结了婚。阿尔玛听从婚前马勒给她的一纸信签的忠告，放弃作曲弹琴，当起了马勒的缪斯和贤内助。其实，阿尔玛心里清楚，以她的才华无论如何追赶也超不过著名的马勒了。她愿意当这个天才的守护神，为他操持家务、生儿育女、誊写乐谱。有时，她还会给马勒提出乐谱的修改意见。阿尔玛的自我彻底退隐在一个天才音乐家的后面。人们似乎不记得她是一个很出色的女钢琴家，她自己也少有感觉。可是幸福平静的婚姻生活后面，总有风光旖妮的情感在招手。阿尔玛不可能看不到。在疗养院，阿尔玛邂逅到当时尚无名，后来却非常有名的建筑学家沃尔特·格罗皮厄斯。离别后饱受相思之苦的建筑学家把一封写给马勒夫人的信错寄给了马勒先生。于是两人的地下恋情被马勒知道了。马勒突然明白自己多年来都忽略了妻子的才华和美貌。想通过送礼物和呵护妻子来弥补，但为时已晚，阿尔玛崇拜马勒，但是并不爱他了。妻子的背叛，女儿的夭折，再加上重病在身，马勒从美国演出回来，5个月后就去逝了。整天守在病床前的阿尔玛，向死神送别了她的音乐家丈夫之后，成了维也纳著名的寡妇。不论寡妇不寡妇，阿尔玛的门前从来就没有鞍马稀。于是我们就看到了一位疯狂画家的跌跌撞撞地出场了。

这就是天才的奥斯卡尔·考考斯卡（1886—1980，奥地利表现主义画家，以肖像画和风景画著称）。他的绘画致力于对自然和人物精神世界的理解和挖掘。有关资料介绍说："他在1913年遇见阿尔玛，并与她同居旅行。两年之后他为恋人创作了成为其代表的《风中新娘》。这张充满幻景与寓意的画以飘忽的造型、运动的线条和冷酷的蓝色调暗示了这段对他而言十分不幸的爱情。他在画中表现出一贯的激动不安的神经质情绪，这亦是恋情动荡不定的体现。"考考斯卡个性张扬，狂放，躁动不安，嫉妒心和占有欲极强。他反感阿尔玛把马勒的头像放在他们同居的房子里，更对阿尔玛对其他男人的吸引力担心不已。阿尔玛或许是忍受不了考考斯卡的感情上的霸道和行为上的暴力，最终离开了他。对阿尔玛爱恨交织的考考斯卡，做了一个真人大小的假阿尔玛玩偶出入歌剧院和沙龙。一战爆发后，考考斯卡上了前线。从前线回来没多少年，考考斯卡就成为了维也纳著名的画家之一。二战期间考考斯卡逃到了英国，战争结束后还和古斯塔夫·克林姆特等画家共同举办过画展。据阿尔玛在回忆录《爱的桥梁》中透露，他和阿尔玛两人晚年孤寂时，还偶尔通通信，互致问候，聊聊往昔的爱情旧事。我本来是因为考考斯卡的《风中新娘》，才记住他的名字和画风的。现在却因为《风中新娘》而记住了阿尔玛。尽管从艺术史来看，艺术家和他的作品是主角，其他的是附属，但阿尔玛是一件不得不提的附属。因为我们谈论考考斯卡绕不过《风中新娘》，谈论《风上新娘》就绕不过阿尔玛。我想这同样是阿尔玛的天才和伟大之处吧。更何况，阿尔玛做了太多天才男人的附属。哪一个能绕过她呢？

现在上场是他第二任丈夫沃尔特·格罗皮厄斯。格罗皮乌斯（1883—1969，德裔美国建筑师，包豪斯建筑学派创始人。他曾经在哈佛的设计学院任教授，波士顿的肯尼迪联邦政府大楼、纽约的Pan Am大楼，现Metlifc大楼等著名的建筑都是他设计的）。上文提到过阿尔玛和他在疗养院的初识以及他们较长一段时间的地下恋情。马勒去世后，阿尔玛并没有想起这个当时还无名的建筑师，但是格罗皮乌斯的日渐有名，使阿尔玛把注意力转向他，阿尔玛跑到柏林见格罗皮乌斯，两人旧情复发，很快就结婚了。格罗皮乌斯上前线不久，阿尔玛就为他生了一个孩子。格罗皮乌斯从前线回来后，阿尔玛就移情别恋了。从阿尔玛有关的回忆文字中，我们了解到，阿尔玛之嫁格罗皮乌斯是她"就是想看看两个漂亮的人在一起，能够造出什么样的漂亮小人来"。其实，更深层的原因，是她征服天才的虚荣心。但是，她最终最关心的还是自己的内心、自己真正的自我。而阿尔玛的自我，除了美丽之外，还是才情的。但是她的才情却是被她身边的天才男人们所遮蔽。她只是强光制造的阴影下的美人儿，却并不是耀眼的强光本身。想必阿尔玛是知道这一点的，在风光旖旎的人生道路上，阿尔玛也要有光，要有人发现她的光。

她的第三任丈夫，也就是她的最后一位丈夫是一个发现了她的自我之光的人。他欣赏阿尔玛的才华，鼓励她歌唱作曲。他还弹奏她谱写的曲子。这位欣赏她的他，还是一位诗人，一位小说家。他就是弗朗兹·魏菲尔（1890-1945，奥地利作家。他的作品包括1941年的小说《伯纳黛特之歌》和1921年的戏剧《山羊颂》）。魏菲尔是布达佩斯籍的犹太人，父亲是手套经营商。阿尔玛认识魏菲尔时，魏菲尔还只有一点薄名，身材矮胖，头发微秃，但他性格好，热情开朗，嗓音好听，很会唱歌，诗朗诵也相当有感染力。阿尔玛初遇他时，就被他吸引住了。绅士般的格罗皮乌斯见两人经常深情地演奏和弹唱，只得忍痛将美丽的阿尔玛拱手相让。

也许真的是天作之合。魏菲尔和阿尔玛从没有分离过，厮守到了白头。他们在一起的时光里，魏菲尔欣赏阿尔玛，阿尔玛和魏菲尔患难与共，跟随自己的犹太籍丈夫到处逃难。他们逃亡在法国时，曾经访问了鲁德市，他们的访问得到了该市的天主教神职人员友好接待。魏菲尔在那里得到了创作的素材和灵感，后来，他们逃到美国，安定下来之后，他就开始着手写《伯娜德特之歌》，这是一部由一个犹太人出身的作家写的关于一个天主教圣女的故事，此小说1941年一问世，就获得了很大的成功。于是，阿尔玛的最后角色，不但是一位有时间和心情演奏自己曲子的钢琴家，同时也是一位诗人兼小说家的妻子。

以上大致就是阿尔玛和她的天才男人们的故事了。阿尔玛的那些天才男人们，个个都是出类拔萃的，令人倾慕的。这样的男人，一个女人一生拥有一个，都是令人羡慕的，何况阿尔玛曾经拥有过四个。这真是女人的至高荣誉与至福啊！她有足够的骄傲，贡献一个身体和灵魂的陈列馆，来供后世瞻仰这些天才们。

我感觉，阿尔玛替所有的女人，爱了所有的天才男人；替所有的艺术家，爱了所有的艺术。

所以，我说，当人们爱这些天才的时候，阿尔玛会感觉，他们爱的是她自己。

所以，我说，阿尔玛爱他们，感觉是在爱自己。

爱与美的女神

我们看到的神都是静止的，即便那诞生于大海和森林的爱与美的女神也是静止的。但当我们看到伊莎多拉·邓肯的舞蹈时，才相信，神其实是一直在舞动着。所有的爱与美都是舞动的！不是静止的浅浮雕、瓶绘、雕像，而是翻滚的海浪、歌唱的森林、深情的母爱；是女神飘逸的薄纱、芬芳的花环；是浅浮雕、瓶绘、雕像等一切美丽的艺术通过翻滚的海浪、歌唱的森林、深情的母爱通过女神飘逸的薄纱、芬芳的花环，通过伊莎多拉·邓肯这位爱与美的女子复活了！从此，那位诞生自海上、长久活在希腊和罗马神话里的全部女性美的代表者和体现者的阿芙洛狄特通过伊莎多拉·邓肯的舞蹈活在我们的现实传奇中。

在邓肯这里，舞蹈成了合唱。是舞蹈和雕刻、绘画、诗歌、音乐等一切爱与爱的艺术的合唱！

"使各种艺术聚合在悲剧合唱的周围，使舞蹈重新获得它在合唱里的地位，这就是理想。每当我跳舞时，我总是力图使舞蹈成为合唱：我曾像年轻姑娘们的合唱那样欢呼凯旋的舰队，我曾以舞蹈歌颂过战神，歌颂过酒神，我从未孤零零地跳过舞。舞蹈，当它和诗歌、音乐结合在一起时，它必将再次承担起悲剧合唱的使命。这就是舞蹈的唯一的和真正的目的。这就是它想再度成为一门艺术的唯一出路。"

邓肯认为舞蹈艺术是一种"伟大而原始的艺术"，一种能够唤醒其他所有艺术的艺术。为了这所有艺术中的艺术，邓肯让自己的一生时时都"迸裂着岩石般的热情，将生命、爱情与舞蹈一起燃烧"得耀眼夺目，令人惊叹！

邓肯这位对爱与美有着自己非凡追求的女性，一生热爱天才，挚爱一切美丽的人与艺术。她在这一生的热爱中，把自己活成一种爱与美的艺术。她不但在文学家、艺术家、诗人那里寻找舞蹈的精神与灵魂，还把她所感受到的、掌握的爱与美的艺术毫无保留地传给人们。这些我们可以从她的舞蹈中，从她的自传《我的爱我的自由》及《论舞蹈艺术》里深深感受到。

"孩子们应该总是穿着宽大随意的薄纱舞衣，直到有一天她们学会了轻松自如地用动作来表达自己的感情，就像其他人用语言或歌声来表达自己那

伊莎多拉·邓肯

样。"

"她们的学习和观察不应该仅限于艺术形式，应该首先学习自然界的各种动作。风吹云动、玉树临风、飞鸟展翅、树叶飘落，这些自然现象对她们来讲都应该具有重要的意义。她们应该感受到在心灵中有一种别人无法感知的神秘意志，引导她们探究大自然的秘密。因为她们身体的所有部位都训练有素、柔韧灵活，能与自然的旋律协调一致，与大自然同声放歌。"

她的舞蹈创作不但源于大自然、她所热爱的古希腊艺术、音乐名曲，还源于她所感受与吸收的画家、雕塑家、音乐家、作家、诗人、演员的灵感与智慧，源于现代社会。

她把起伏的波浪、摆动的树叶、飞舞的蝴蝶以及飞鸟的优美姿态化为她的舞蹈语言。

她身披古希腊艺术中瓶绘或雕像中女神那样的宽袍，摒弃了芭蕾的紧身舞衣舞鞋和僵硬的程式化动作，主张动作由意念而生。让心灵随着无穷无尽的美丽的线条起伏连绵而如醉如痴……她深谙卢梭、惠特曼、尼采等人的思想与诗歌。经常背诗，教她的学生们用舞蹈动作来表现诗的含义。就像惠特曼的诗里写的——"每一个人都唱着他或她自己不属于别人的歌"。她要她的学生们不要模仿她的舞蹈，要随心而舞，"怎么感受就怎么跳舞"。要求一举一动，都具有精神内涵和优雅神韵。

正像邓肯宣称的那样，最自由的身体，包含着最高的智慧。邓肯的舞蹈做到了如此。这一切使邓肯及她的学生们在大庭广众面前具有磁石般的吸引力。邓肯一生的很多时光都把这种吸引力发挥到了极致。

因而邓肯不但是一位因开创了"高度个性化"、不可模仿的舞蹈先河而成为"现代舞之母"，而且还因为她浪漫传奇的一生而成为一位人们热爱与追随的新女性，一位激发了很多艺术家、画家、音乐家、诗人的创作灵感与激情的爱与美的女神。

邓肯之前，代表和体现全部女性美的女神阿芙洛狄特是静止的；邓肯之后，代表爱与美的女神阿芙洛狄特是灵动的。

她的灵动启发和引领着一切爱自由、爱爱与爱美的女性，启发和引领着她们总是意志昂扬、全心全意地跳起新生的舞蹈。

流落在人间的天使

　　无数个清晨或暮晚,身躯臃肿的她身着灰蓝旧衣,提着柳条篮,步履蹒跚地走过石子路……

　　无数的街道还有主雇的厨房、客房,还有教堂……无数次地行走过这样的身影,仿佛她生来就是臃肿笨拙、赤贫如洗,生来就是到处奔忙的帮佣。其实,不是仿佛,而是就是——她1岁丧母,7岁丧父,在姐姐家寄宿几年之后,进修道院做了女佣。后来在巴黎北边的中世纪古城桑利斯,仍旧靠做女佣维持生计。其实,无数世纪里无数个这样的她,并不为她所走过的街道记住,更不为她生活过的世纪偏爱。因为她没从她那一类中独特出来,所以注定不会被记忆。

　　然而,萨贺芬却从她那一类中独特出来了,并且被人们记忆着。原来历史侥幸收藏了她那些给人以惊奇感、让人触目难忘的绚烂画卷。

　　这个她,这个萨贺芬,平庸的肉体里居住着一个独特的灵魂!她艰辛的生活中和劳累的身躯里暗藏旺盛的生命力和惊人的创造力!

　　萨贺芬,她用她世俗的白天喂养着她灵魂的夜晚。她白天做佣工,抽空收集动物血、教堂里的灯油、河床田野里的淤泥、植物的汁液、普通的油漆,晚上她将这些收集来的“宝物”在她那昏暗的租房里捣鼓配制成天然颜料,然后面对圣像,用手指画画。每一幅画画成之时,她都会唱起圣歌。这样,她那白天无神无光的双手、面颊和眼睛在夜晚满是喜悦的光。她那白天世俗卑微的身躯,夜间像受圣浴一样灵性高贵起来。

　　于是,我们透过她的夜晚去看她的白天,发现她其实就是一个天使,一个被上帝选中的天使。

　　原来,她那双每天给人收拾房间、清洗被单、擦洗地板、端茶倒水的粗糙双手,会深情抚摸河水和树木,她那臃肿身躯会在树丫间或草地上焕发出被自然与神灵照耀与眷顾的光芒。因为信仰,她坚信自己能与上帝交谈;因为爱自然,她能与自然谈心;因为画画,她能听到自己灵魂的真音。她确信有守护天使在引导她画画,所以她画画时,要面对圣像,每完成一幅画都要唱圣歌;她像孩子那样爬到树上,坐在树丫上,晃动双腿;她悲伤时,跟树木、花草、虫子说话;她在草地上小解时,双眼也要看着太阳光。她活在自

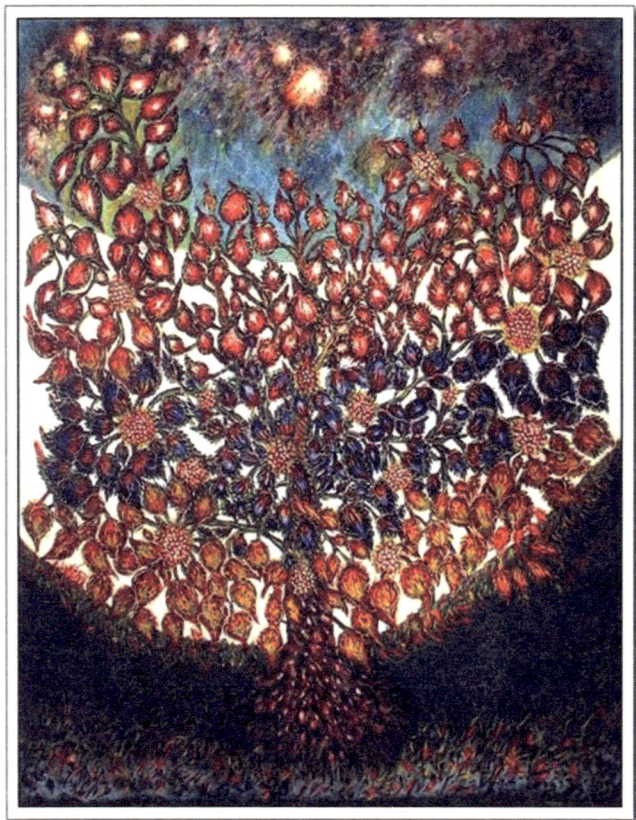

萨贺芬·路易斯作品

己的世界里，她没有师承，她从未接受过正规的绘画训练；她没有亲人、朋友、财产，但这些都没关系。她说："我的灵感来自天上，是上天引导我去画。"所以，只要她勤劳的双手能动，她就能一直画画。画画就是她的老师、她的亲人朋友、她的果腹食物、她灵魂的饕餮大餐。她的画就是植物昆虫、水果花朵的奇妙盛宴——它们夸张地铺满整个画幅，每一笔都饱蘸着蓬勃的生命激情、忧郁与狂喜，点缀在植物昆虫水果花朵之中的睫毛、灵眼、血管、火焰，使画上的一切恣意奔流，质朴而绚烂，直接而繁复，缤纷而有序，拥有着教堂彩色玻璃般的妙构、神光与她命运中率真而神秘的个性化美感……这一切冲击着观者的感官、视野、灵魂。所以，当德国著名收藏家威廉·伍德在1912年无意发现她的绘画时，以为这是"历史上最强烈最奇妙的作品"。于是，他像珍视收藏毕加索的画一样，珍视收藏着她的画，并把她归类为"原始画派"画家，于20世纪20年代中后期，让她的画开始参加各种展览。由此，一个在生活中饱受嘲讽的佣工，开始受到画界的瞩目。名利开始垂青于她，她终于可以无需做佣工，而一心画画了。但不幸的是，她开始出现幻觉幻听，情绪变得日益不稳定，后来被送进精神病院，在精神病院度过了混沌的十年后去世。在这十年里，她忘记了她的信仰，忘记了她的守护天使，忘记了曾被她视为神迹、恩典的绘画，忘记了她的伯乐，她甚至忘记了她本人，这样的她更不会预见，她的作品后来会被世界各大博物馆收藏。

上帝对流落在人间的天使是如此残酷——只让她留下画作，却不让她怀着喜悦唱着圣歌退场。仿佛只有如此残酷，才能让她独特于她那一类；只有如此残酷，才能让人深深地记着他独特子民独特的光芒与色彩。

萨贺芬，这位女佣黯淡的生命神奇地折射出的艺术之光，让我们明白，每个人都是流落在人间的天使。无论贵贱，无论美丑，只要足够独特，有惊人的生命力、创造力和个性化美感，就有可能被上帝选中。

从疼痛的身体上开出的魔幻之花

有这样一个女人，小时候得了麻痹症，右腿瘦细；18岁遭遇了一场车祸：她腰椎处的脊骨断了三处，锁骨断了，第三、四根肋骨也断了。右腿有11处碎裂，骨盆有三个地方破碎。她虽然在不断的治疗中站立起来，可以行走，可是她却成了瘸子。她虽然可以怀孕，但总是流产。因此她至死都没有一个健康的身体和一个孩子，可她却留下了一个坚强的灵魂和一批奇异的画。

如果你读过她的日记，你会为她所遭受的肉体和灵魂的痛苦而心痛不已；如果你看过她的画，你会为她画里怵目惊心的血腥和伤口中开出的花而震撼。我说的是墨西哥女画家弗里达·卡洛。

世界上有无数痛苦的女人，有无数的痛苦存在，但从来没有一个像弗里达这样躺在床上都穿得整洁与惊艳的女人；世界上也有不少的女艺术家，但从来没有一个像弗里达这样阐述痛苦的女画家。弗里达的丈夫里维拉曾从艺术家

弗里达·卡洛自画像

的角度对弗里达的画作了这样的评述："我钦佩她。她的作品讽刺而柔和，像钢铁一样坚硬，像蝴蝶翅膀那样的自由，像微笑一样的动人。悲惨的如同生活的苦难。我，我，我不相信，曾有过别的女艺术家，在她们的作品中有过这样痛苦的阐述。"

因为车祸的后遗症，弗里达的身体一生中的大部分时光都处在疼痛中。所以弗里达一生都在阐述她的痛苦。她的日记有一些断断续续的文字，"我毫无希望……我不相信幻觉……真是无所适从。一切均不可名状。我不关注形式……被淹死的蜘蛛。生活于酒精之中。孩子是明天而我却终于此。"这段文字表明了弗里达对自己不育的悲哀。这种悲哀是终身的，弗里达在临死的那一年对一位朋友说，"我的绘画承载着那种痛苦的信息……绘画由生命来完成，我失去了3个孩子……绘画是一种替代品。我相信工作是最好的事。"弗里达一生都在用绘画表达她的痛苦。她画中的很多身体都有伤口，带着血腥，有的还有刀、钉子。这些画让人头皮发紧，心中隐隐作痛。在《我的出生》里，女儿在血泊中出生，而母亲在血泊中死去。那只奔跑的小鹿身上扎着九支箭，伤口流着鲜红的血。她还画过一张身体上沾着很多铁钉的自画像。这些画，这些画中的利器让人疼，是麻药醒了的那种疼，一点点地升上来，止都止不住。你只能让那种疼一点点地将你淹没，然后在疲惫时倦下去。但整个过程都令人刻骨铭心。看过她的画的人，一辈子都会记得这种疼。它的钉子和血腥提醒我们：我们一直疼着，只是因为麻醉，让我们暂时不知道疼痛。

尽管弗里达的身体一直不好，但是弗里达非常坚强。即便痛得不能下床，在床上她都在画画，或者在床上写日记，写了很多迷离、纷乱的句子，就像一个痛苦中诗人的昏厥与陶醉。以一个诗人的经验，我知道，写下这些句子的人无疑是悲伤而又幸福的。她悲伤的是她身体从没减轻的疼痛，幸福的是疼痛给灵魂带来的奇异的想象。"他来了，我的手，我的红色梦幻。更大。更多你的。玻璃的殉道者。伟大的非理性。柱子和山谷。风之手指。流血的孩子。云母微粒。我不知道我的好笑的梦在想什么。墨水、斑点。形式。色彩。我是一只鸟。我是一切，没有更多的慌乱。全部的钟。规则。大地。大树林。最大的温柔。汹涌的海浪。垃圾。浴缸。明信片。骰子，手指演奏那渺茫的希望。布。国王。如此愚蠢。我的指甲。线和发。我自由自在的思想。消失的时间。你被从我心里偷走了，我只有哭泣。"

她日记里的这些美妙的句子，就像一个诗人断断续续的梦语，清冷又温暖。这清冷与温暖意犹未尽，似一种就要分离的爱情。这就要分离的爱情同样是令人疼痛的。这种疼痛以美丽的服装为包装，以抽烟、喝酒、吸毒、双性恋为表现形式，以绘画为终极目标。

　　弗里达是这样一位在尖锐的疼痛中过着独特生活的女人，抽烟、喝酒、吸毒、双性恋。爱过许多优秀的男人和女人，也被许多优秀的男人和女人爱过。法国超现实主义诗人及散文家安德烈·布雷顿说弗里达"是一位有着全部诱惑天赋的女人，一位熟悉天才们生活圈子的女人……没有比她的绘画更女性化的艺术了。为了尽可能地具有诱惑力，只有尽量地运用绝对的纯粹和绝对的邪恶。弗里达·卡洛的艺术是系在炸弹上的一根带子。"虽然弗里达不认为自己是一个超现实主义画家，她的画全是她的现实的反映，更多是疼痛的身体带给她的奇异的想象力。但那奇异的想象力落在画上，却是超现实的、魔幻的。她的画就像从身体的伤口中开出的魔幻之花。这花有诡异的气质，艳俗的色彩。

　　在这诡异与艳俗中，硕大的阔叶，和那些利器与血腥一起在孤独中安慰了孤独的灵魂。我们在隐隐约约的疼痛中，竟会有温暖与心动的感觉。

一件最重要的衣服

　　香奈儿审视着镜子里抽烟的自己。

　　她与镜中的自己，有时有一种无法弥合的距离感，有时又有一种爱恋不已的缠绵。因为她看到的几乎就是她想看到的样子——她所希望看到的女人的样子——她们全部穿着黑色小洋裙，脖子上戴着白色的珍珠项链。

　　"博伊，为了纪念你，我让全世界的女子都穿上了最美的黑色。因你是我一生中最爱的人！"

　　香奈儿喃喃自语。

　　此前，博伊打电话来，要和香奈儿一起过圣诞节！他还要给香奈儿一个惊喜，送一份昂贵的礼物给她。可是夜深了，珠宝行都关门了。博伊好不容易找到朋友，在他的珠宝行买了一串漂亮的珍珠项链。他深爱香奈儿，也知香奈儿深爱他。但他因为家父的门第之见，没能娶香奈儿，而是和一位贵族小姐结婚了。现在，他不想再错下去了。他要告诉香奈儿，要永远和她在一起。他加大了小轿车的油门，脑海里蒙太奇般地放映着甜蜜影像：

——他驱车到朋友的庄园，路遇一位穿白衬衫黑马裤、脚蹬马靴的骑手，他的马受了一点惊。后来在朋友的家里，他发现那位骑马的翩翩少年，竟然是一位漂亮的女士。她别出心裁地把男人的骑马装改造成她自己的衣装。

——他们在舞会上跳探戈。香奈儿一袭白裙，舞动在满目斑驳丽色中，像一朵盛开的山茶花单纯妖媚，令人着迷。

——两人游玩归来，碰上暴雨。博伊脱下自己的灰色风衣披在香奈儿的身上。香奈儿就像一位罩着袍子的圣女，清丽娇小，楚楚动人！

——她摆弄出一顶顶别致可爱的帽子。它们总是在博伊的面前变出一个又一个迷人的香奈儿。她们一起来爱她！

她戴绅士帽，打领结，穿衬衣，穿男裤，英姿逼人。女士们纷纷效仿。但香奈儿永远是最美最特别的那一个。博伊爱极了这个香奈儿。

她本来不做围巾。可她为博伊亲手做了一条白色的丝绸围巾。博伊戴着它上了战场，在战场上戴着，返回巴黎时也戴着，现在仍然戴着。

想到这里，博伊用手抚了一下飘在脖子上的白围巾，突然响起一串刺耳的紧急刹车声……甜蜜就进入了夜一样深的睡眠里……

当香奈儿赶到车祸现场时，她看到的是翻了的车，车玻璃上的血迹……不见了亲爱的人，只见挂在树上的白围巾，她轻轻地取下来，围在自己的脖子上，闻着亲爱的人余留的气味……

还有那些怀着爱情的珍珠，散落在地上。香奈儿把它们捡起来，擦去尘土，重新用珠线穿好，戴在脖子上。

香奈儿做了一条黑色小洋裙，这是她为悼念博伊而专门做的孝服。

没多久，香奈儿就把黑色这种葬礼用色穿成了新女性们喜欢的颜色。就像香奈儿懂得什么叫至爱一样，她懂得什么叫至美。她说："黑色是能够包容一切的颜色，白色也是。它们都具有一种纯美。穿着黑色或白色的女人，永远是舞会上最受瞩目的美女。"

是的，香奈儿的一生都是最受瞩目的，她就像是她那个时代的女皇，被人羡慕爱戴。她之受爱戴，并非是她总爱穿的黑色或白色的衣装，而是她设计的风靡全球的时装，她的天赋，她的美貌，她的个性，她的自信，她的骄傲……还有她的风流轶事。

她从不缺少追求者，不缺少传奇。香奈儿几乎一生都在恋爱中。博伊去世后，先后走进香奈儿感情生活中的是音乐家斯特拉文斯基、流亡法国的俄国沙皇亚力山大二世的长子狄米拉、英国首富威斯敏斯特公爵，还有不少爱慕她的美貌与天赋的名流，如毕加索、雷诺阿、莫朗、达利，还有丘吉尔、温莎公爵。

一生有这么多显赫的追求者，可香奈儿谁都没有选择。她选择了不嫁。不嫁的原因，或许是因为她最爱的是博伊——"（博伊）卡伯让我明白我可以照自己的方式生活，照自己的意思经营事业，照自己的欲求选择爱人，这是卡伯给予我的最好的礼物。"但更重要的是她的自我，她的自信、独立、骄傲的自我。

看看她回拒威斯敏斯特公爵求婚时说的话："公爵，这世界有很多公爵夫人，但是，可可•香奈尔只此一个。"

"你为什么终生不嫁？"面对此问题，她轻松地耸耸肩说："大概我没找到一个能和'可可•香奈尔'媲美的漂亮名字。"

她在自传中透露说："我命中注定独立，无法与个性比我强的男人相处。"

香奈儿的自我非常强大，强大到可以独立地面对世界。活而不为生活所累，爱而不为爱所奴役。她最大限度地挥发天赋才情，成就辉煌事业，醉心地挥霍美貌魅力，谱写美妙爱情。而这些天赋才情、美貌魅力、事业爱情，共同成就了香奈儿这一完美惊艳的自我。

从12岁时母亲病逝，父亲把她和姐姐遗弃在孤儿院开始，她就慢慢地磨砺自己，慢慢地变得坚强而独立。18岁离开孤儿院到一家缝纫店里做帮工，然后是恋爱，开帽店，开服装店，成立双C时装公司……

她让女人们为她设计的服装着迷：裤装、小黑裙、无领夹克；绅士帽、衬衣、蝴蝶结、宽松海军服和针织衫、粗呢套装、人造宝石、5号香水……她把女人们从繁缛装饰的衣束中解放出来，为她们设计优雅简约、奢华又与众不同的时装。让每个女人都可以找到她们需要的香奈儿。

她让男人们为她的美貌才情、个性魅力着迷——音乐家、画家、政治家、同行或是敌人，都对她爱慕不已。

香奈儿说："我爱过的男人，永远会记得我。"

毋庸置疑的是，爱她设计的衣服的女人，也会爱她。

她浑身散发着一种特别的美。这种美是由天赋、才情、自信、果敢、骄傲等铸成的。

我们来听听香奈儿名言：

"时尚既是毛毛虫，也是蝴蝶，我们要钻进一条裙子里展翅高飞。"

可可·香奈尔

伊丽莎白·泰勒经典玫瑰花瓣V领小黑

"时尚存在于制造幻觉的艺术里。"

"时尚可不仅仅关乎衣服。时尚无处不在，随风而生。它在空中，在路上。只能用直觉来把握。"

"我们应该用一种天真、纯洁的眼光看待珠宝，就像坐在疾驰而过的车上时刚巧瞥见路旁盛开的苹果花一样。"

"我崇拜美，但是讨厌所有仅仅只是漂亮的东西。"

"女人也许会过度打扮，但绝不会过度优雅。"

"骄傲是我的孤僻与茨冈人式的独立的原因，同时也是我成功力量的秘诀。"

"20岁的面容是与生俱来的，30岁的面容是生活塑造的，50岁的面容则是我们自己得负责的。"

"……诚如拿破仑所言，他的字典中没有'困难'两字，我的字典中也找不到'不成功'三个字。"

再看看人们怎么评论她：

马尔罗说："20世纪的法国，3个名字永垂不朽：戴高乐、毕加索和香奈儿。"

丘吉尔曾在给妻子的信里称赞香奈儿："她是最能干、最出色的女性，她的强烈个性连兴奋剂也相形见绌。"

毕加索称香奈儿是全欧洲最有品位的女人。萧伯纳则认为她是世界时尚奇葩。

尚·考克多赞美香奈儿有"黑天鹅般优雅的姿态"。

柯雷说香奈儿有"如野牛般强壮的心"。

卡陶说："这简直是奇迹——她把那些只适用于画家、音乐家和诗人的准则应用到时装上来。"

普拉达说："她真是一个天才。很难确切地讲为什么；可能和她总要与众不同，总要独立无羁有关。"

总要与众不同，总要独立无羁。这正是成就香奈儿的自我的关键词。

她提醒女性说："你可以穿不起香奈儿，你也可以没有多少衣服供选择，但永远别忘记一件最重要的衣服，这件衣服叫自我。"

"一件最重要的衣服"，而且是一件终生都不能丢弃的衣服。我突然明白了香奈儿为何在博伊逝后的余生都穿着黑色的香奈儿。我想不仅仅因为黑色是一种纯美，更因为她是一种灵魂上的东西。她说"博伊是我灵魂上的朋友"

"他是我的兄长、爱人……"

香奈儿不仅是用黑色来悼念最爱,也用之来表现她的自我、她灵魂里的珍藏与人生的辉煌。

所以,在香奈儿这里,服装不仅仅是身体的遮饰,它更是身体发光、身体燃烧的外在形式。它既是一种表现,一种燃烧,还是一种抚慰。香奈儿让身体欲望的外在形式得到了全面的关照与抚慰。我们随心所欲,我们与众不同。香奈儿看似在表现身体,实则是表现自信,表现灵魂。因为我们不是以赤裸的身体立于世上,而是以身体的衣饰,立于人前的。

所以与身体比起来,服装是更重要的表现人的精神面貌与灵魂的形式与手段。

香奈儿把镜中的自己看成无数个自己,或者把香奈儿之外的他者看成无数个香奈儿。所以,香奈儿是为无数个自己、无数个他者设计服装。

让我晃动,成为无数个我。

这不仅仅是服装艺术所需要的,也是其他艺术所需要的。

不要以为香奈儿让所有爱上黑色香奈儿的女性,都在替她悼念爱情,而是香奈儿在替女性表现自我,成就自我,进而达到超越自我。

披着俄罗斯披巾的阿赫玛托娃

　　最开始接触阿赫玛托娃的诗歌，始于很久以前读到的乌兰汗翻译、外国文学出版社出版的那本《阿赫玛托娃诗选——爱》，以后又陆续读到不同译者翻译、不同的出版社出版的《阿赫玛托娃诗文集》《阿赫玛托娃传记》《哀泣的缪斯：阿赫玛托娃纪事》和散落于各种诗歌刊物翻译栏目的阿赫玛托娃……似乎每次吸引我读阿赫玛托娃的，已经不是她那些我经常吟诵的名句——"世人不流泪的人中间，/没人比我们更高傲、更纯粹，"/"别人对我的赞美——不过是灰烬，/你对我的非难——也是嘉奖。"/"让恋人们祈求对方的回答，/经受激情的折磨，/而我们，亲爱的，只不过是/世界边缘上的灵魂两颗。"而是一个固执的意象：俄罗斯披巾。这个意象，它每次变幻各种颜色、各种图案落在一位身高1.81米的俄罗斯女性肩上。这位女性雍容华贵：云鬓高绾，双手交叉胸前，面色从容淡定，目光如皇后。像一尊无声的雕像矗立在我眼前。我多想听到阿赫玛托娃的嗓音念她有五个"A"字的名字和朗诵她自己的诗句，多想看到她在"窗台上或者某物体的边上"写诗的样子。显然，我这是奢想——似乎没有这种万份珍贵的录音资料和影像资料保存。我脑子里重叠放映的就是一尊披着俄罗斯披巾的雕像。一切都是静止的，惟她身上的披巾抚慰着她的双肩和臂膊，陪伴我读着她的诗歌和人生。

　　披巾就像标签，夹在她诗集的这一页或那一页，人生的这一段或那一段。阿赫玛托娃的诗句——"深色披肩下紧抱起双臂……"我完全被这样的阅读主观幻想缠住：所有身材高挑气质高贵的俄罗斯女性都是披着披巾的阿赫玛托娃。任何时候的阿赫玛托娃都是披着披巾的——不论是古米廖夫初遇的少女阿赫玛托娃、勃洛克写献诗时的阿赫玛托娃、莫迪尼阿里画速写的阿赫玛托娃、曼德尔施塔姆流着泪听她朗读时的阿赫玛托娃，还是连着十七个月每天在监狱门前排队等待探监看儿子的阿赫玛托娃……无论是爱中的阿赫玛托娃，还是苦难中的阿赫玛托娃；无论是青年的阿赫玛托娃，还是中年、老年的阿赫玛托娃，无一例外地都披着披巾。

　　别以为这样固执的主观意象来源于勃洛克《致安娜•阿赫玛托娃》这首写披巾的献诗：

安娜·安德烈耶夫娜·阿赫玛托娃

有人对您说："美是可怕的"，/您却慵懒地把西班牙披肩/披在肩上，/一朵鲜红的玫瑰，戴在头发上。/有人对您说："美是朴素的"，/您却笨拙地用五颜六色的披肩盖住婴儿，/一朵鲜红的玫瑰——掉在地板上。/可是，当周围的人们纷纷发言，/您却心不在焉/忧郁的您陷入沉思/您对自己说：/"而我既不朴素也不可怕；/我没有可怕到可以让人随便杀死的地步；/也没有朴素到/连生活是可怕的也不知道的地步。"

后来，阿赫玛托娃在一篇名为《忆勃洛克》的散文中写到，她从来没有勃洛克在这首用西班牙抒情诗体写成的诗中说的西班牙披巾。阿赫玛托娃认为当时勃洛克对卡门着了迷，所以把她也西班牙化了。她的发髻上从来也没有戴过红玫瑰。这样说来，勃洛克诗中的阿赫玛托娃披巾，是他本人的主观幻影，他诗中的阿赫玛托娃不但肩有西班牙披巾，还头戴红玫瑰。而我的脑中的阿赫玛托娃，则是肩披俄罗斯披巾，头卡珍珠发卡。阿赫玛托娃是不是经常这样打扮，我并不知道。阿赫玛托娃也不可能在文字里回应我她是否这样打扮过。我也是主观的，而我的主观绝对是我自己的主观，而非受勃洛克诗歌的暗示。再说，我在最开始接触阿赫玛托娃的诗歌时，脑中的阿赫玛托娃就是披着俄罗斯披巾的。因为在我看来，俄罗斯披巾是俄罗斯女性最日常却尽显高贵的衣饰。阿赫玛托娃就是所有披着披巾的俄罗斯女性代表，唯一不同的是，阿赫玛托娃是披着披巾写诗的诗人。现在，她们在我的笔颂之中：

她们肩上的披巾/都是阿赫玛托娃的：五个A标识的/高贵、端庄。矗立在北方……漫天风雪，和她们一起号啕：/坟里的丈夫，狱中的儿子。//爱情，背叛；祖国，苦难。/但她绝不离开，/一直在俄罗斯的某个窗边/写着《没有主人公的叙事诗》和《安魂曲》，/为缺失的主人公叙事，为俄罗斯安魂，//也试图安慰自己千疮百孔的心——/"我是无法被安慰的！"/祖国之内、屋檐之下，/那么多的苦难、爱与献诗，/共同织成一尊俄罗斯女神的披巾。//它们肯定不是飞毯，/也早已不是简单的衣饰，而是标志，/是阿赫玛托娃的俄罗斯标志。/她顽强地活着，/哀悼着她年轻时代的朋友们。//那些诗中、画中的披巾就是见证。/我如披上它，/就如同写诗，作画，/皆是由衷的颂扬或是纪念。

画家笔下的安娜·安德烈耶夫娜·阿赫玛托娃

从现存的很多阿赫玛托娃图像资料来看，无数的艺术家速写、绘画、塑像、拍照的阿赫玛托娃都是披着披巾的，所以说，我认为阿赫玛托娃总是披着披巾的想法是正确的。我甚至还认为莫迪里阿尼为阿赫玛托娃作的二十几幅画，也都是披着披巾的。这一认定，我以为可以从阿纳托利·耐曼所著的《哀泣的缪斯：安娜·阿赫玛托娃纪事》（华文出版社2002年1月第1版）中的一段文字里推断出：

"她身体笔直，傲然不群，她走路缓慢，甚至在走动时，也宛如一尊厚实的塑像——猛然看去就像凿出的一尊经典之作，仿佛已被视作雕塑的典范。她身上披了一条破旧的长巾，可能是披肩或者穿的是旧和服，很像雕塑家工作室里搭在已雕塑好的作品上的一块薄布。许多年过去了，这一印象仍清晰地浮现在我的眼前，使我联想起阿赫玛托娃关于莫迪里阿尼的笔记。莫迪里阿尼认为值得雕塑和作画的女人，一旦穿上衣服便显得笨拙不堪。"

阿纳托利·耐曼是阿赫玛托娃晚年的文学秘书，是她最亲密的朋友之一，他与布罗茨基等人组成了一个四人诗歌小组，经常得到阿赫玛托娃的指点和帮助。所以，诗人耐曼的所述更真实于洛勃克诗中主观幻想。这样想来，我的总是披着披巾的阿赫玛托娃，从来不是我一人脑中的主观影像，而是客观存在。

1911年，曼德尔施塔姆在伊万诺夫的沙龙里，初识古米廖夫和阿赫玛托娃，第一眼就被后者的高贵气质所折服，当时就作诗献给阿赫玛托娃：

侧过身子了，——哦，悲哀！——/瞥一眼冷漠的人群。/那条伪古典主义的披巾/从肩膀上滑落，变成了石头。（汪剑钊译）

看来，曼德尔施塔姆眼前的阿赫玛托娃也是披有披巾的。不知为何是"伪古典主义的披巾"？

我无意去追究阿赫玛托娃究竟都披过一些什么颜色、什么图案的披巾，但我始终相信，一条破薄布披在阿赫玛托娃的肩上，都是一种不言的高贵与美丽。尽管它们已从时光的肩膀上滑落，变成石头，却仍然是恒久的高贵与美丽。就像我们心上矗立的不朽的诗歌女神！

谨以此文献给我敬爱的俄罗斯诗人阿赫玛托娃。我不仅爱她的诗，也爱她披着的披巾。

世界

　　小人物的生活，小人物的悲
愁；小人物的狭隘和辽阔，小人物
的惧怕和坦然。所以范俭跟拍了一
年多，我没有反感他，也没有丝毫
做作：没有必要做作，没有必要把
自己弄成高大上，因为死亡就是跟
在脚边的一件事情，我们每一个日
子都是侥幸而来，不知道哪一个时
刻就猝然而死。与其辛苦演戏，不
如坦然而活。

　　　　　　　　　　——余秀华

□ 余秀华

摇摇晃晃在人间

没有抵御不了的绝望

1

在上海，每天晚上回到酒店，如果是阿球陪我一起回来，进房间第一件事，我叫他拉上窗帘。几年里，住了这么多酒店、宾馆，晚上的时候，我一定要拉上窗帘。相比于白天，我更钟情黑夜，但是我又如此惧怕。说不清楚在害怕什么，人的骨头里大约有一些天生的东西，比如残疾，比如他们所说的"轻佻"；比如对人生的认知，对两性关系以及两性关系中偶然形成的夫妻关系的认识。

因为有一个比较紧张的童年，疾病长久会产生迷信，如同爱一个人久了也会产生迷信。迷信里，前世今生的因果会让一个人的疼叠加到无数层，于是对人生因果产生了思考，这是一种被动的思考：事情逼着你去面对，逼着你去试图思考。思考一件事情的发生，以及这件事情和其他事情的关系。

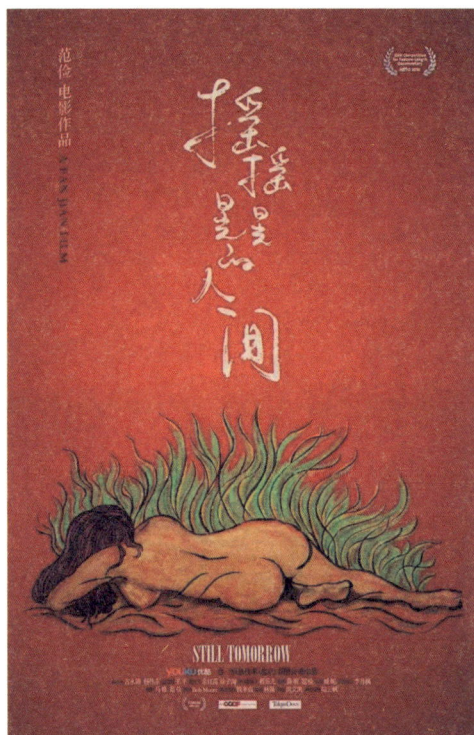

导演范俭（中）、制片人余红苗（左）与余秀华
在上海国际电影节

一个人思想的形成最初可能来自于生命原始的苦痛。是的，是痛的。当痛苦没有途径解决的时候，没有相对的力气打过去的时候，不如轻佻。如同一个人把唾沫吐在我脸上，我轻轻擦掉，告诉他：你用的两面针牙膏过期了。对我而言，主动接受是对抗的捷径。默默忍受可能比大声叫嚣更有力。当然我会骂，不骂人的女人不是好女人，你也不好意思对严肃的女人动手动脚。

　　但是太多的事情是严肃的：生命，爱，孩子，父母，还有一个破男人。许多严肃的事情纠结在一起会形成一个漩涡，形成另外的力，让原本可以轻盈的生命沉重起来。残疾是一个有知觉的人一辈子卸载不了的病毒，这病毒里还有数不清的趁火打劫，它们硬生生地把你摁在残疾的外衣下，还不给你哭的资格。

　　这次在上海的采访里，我说到我对"道德"的一个思索：我觉得道德不是先天的，是社会阶级发展的一个产物：是统治者对被统治者的欺骗。我更相信人性的自觉，人性的自觉就包括了两性关系的自觉。我的婚姻里没有这种"自觉"的参与，它是别扭的。

　　《摇摇晃晃的人间》（这个题目最初来自于刘年，掌声鸣谢）这个纪录电影撕开了婚姻里不靠谱的男女关系：人性的挫败中什么样的情况下可能被维持的平衡。对不起，我天生就不信任结婚证那张破纸，如果说一张纸就能把一段关系合法化，纯洁化，甚至人性化，这样想不仅仅脑瘫，更脑残，还脑梗。

2

　　上海电影节评选结果出来了，《摇摇晃晃的人间》作为五部入围的纪录片之一，没有得奖，得奖的是德国的一部纪录片。上海电影节很牛，中文就不给你翻译成英文：爷的主场，听不懂拉倒！他们可能害怕一不小心也把"I hope to see you again"说成"I want to sleep with you"！

　　没有得奖，我有三分钟的沮丧，但是一想：我不过一个女主角，又不是导演，我沮丧个屁啊。采访了一下真正的导演范俭，他说：爷国际大奖都拿了，这个奖无所谓啦！而且我们的亚洲首映礼那么成功。他这么说我就放心了，本来准备给他擦眼泪的纸巾还是自己用吧。于是我们去喝庆功酒。

阿球没有来喝酒，我有两分钟的失落，既然范俭在也就算了。威士忌一瓶干了，后劲很大，不过我过了两个小时就醒酒了，检查了一下身体，身体上没丢任何东西，我就放心了；又检查了一下：没有去裸奔，我更放心了。再检查了一下手机：除了对我暗恋的家伙说喜欢他以外，没有给他发一分钱的红包，我太喜欢我自己了。

　　早晨走进了落地窗，我还在上海。四月去了一次美国，回来就觉得我的故乡是整个中国。在哪里都是在故乡，所以我没有不适应的感觉，家里的老爸现在有一个温柔的女朋友陪着，也叫人放心。想着我那么多朋友在祖国各地一起醒过来，也是一件幸福的事情，有这些幸福的事情的存在，我就应该是一个幸福的女人。

　　从30楼的酒店看出去，看得到东方明珠，看得到高高低低的楼群和楼群之间委屈的树木。总觉得高楼之间的人群是惶恐的，当惶恐成为一种常态，也就由着自己无法着地的身体和魂魄。想着，那么多人从何而来，如果生命守恒，现在天堂和地狱都应该空了。

《摇摇晃晃的人间》剧照

楼群间还有许多小汽车，它们有的好几天没动了，多少醉鬼忘了自己的车子？想着幸福的人和不幸的人，泯灭于人群有自己的酒喝未尝不是幸福。人如果想把自己从人群里摘出来，未尝不是画蛇添足的事情。

3

小人物的生活，小人物的悲愁；小人物的狭隘和辽阔，小人物的惧怕和坦然。所以范俭跟拍了一年多，我没有反感他，也没有丝毫做作：没有必要做作，没有必要把自己弄成高大上，因为死亡就是跟在脚边的一件事情，我们每一个日子都是侥幸而来，不知道哪一个时刻就猝然而死。与其辛苦演戏，不如坦然而活。所以《摇摇晃晃的人间》获得了那么多的赞美，范俭找到了我是他的福气。

我没有想到的是，从网上的留言看来，我的离婚居然鼓舞了那么多人，居然有那么多不愉快的男女关系，有那么多人在不愉快的婚姻里耗尽了半生甚至一生。这是多么可怕的一件事情。我只是觉得人生苦短，这样的痛苦哪怕死了上帝也不会同情。我一定要让自己快乐一点，其他的，根本没想过。

但是这一次，我是完全暴露了自己的生活，如同被范俭脱去了内裤丢到了人们面前，于我，何尝不是伤害？但是如何化解伤害，在我这里就是戏谑。戏谑地看着自己的一副好肉身，戏谑地看着自己丰满的乳房在摇摇晃晃的行走里颤抖。戏谑地看着自己的灵魂和肉体的对峙，戏谑地面对自己夜半的哭泣和忧伤。

我从来不想自己的生活态度鼓舞别人，我不是雷锋也不是张海迪。我的哭泣更多的也许因为我是一个写诗歌的人，天生的敏感和脆弱。我居然还是没有办法做到厚颜无耻，那么多男人白调戏了。一个人哭泣如同一个人偷喝好酒，不能和别人分享。（这几天的采访，一些很乖巧的记者都带了酒来，阿球这个混球说这个可以作为采访的标配）

想起以前一个很小的写字的桌子，我摇晃，它也摇晃，好像一种和谐共振。而这个世界因为大了，其实也是摇晃的，不过我们小了，感觉不到而已。想到这里，我觉得自己其实很牛，是真牛，因为没有人吹，所以不是吹牛。

《摇摇晃晃的人间》剧照

冈仁波齐没有完成的事情会在俗世里完成

1

上海电影节期间，阿球请我看了两场电影。《冈仁波齐》是我要求去看的，因为我对生死问题一直比较关心：如果人就一生，死后蛛丝不留，那生命的意义是什么？这样的一生是不是就意味在我们可以肆意妄为，为非作歹？当然我也没有指望这部电影给我一个明晰的答案，我不过想寻找一点点蛛丝马迹。

电影放了一会，阿球睡着了（居然没有鼾声，实在可疑：gay？），我睁大眼睛，觉得小说里也会有许多伏笔，伏笔里还有不动声色的起伏，让人眼眶一热的小细节，或者一些近镜头。但是没有，从头到尾没有：没有磕破的额头，没有擦破的手心。有的是反反复复的磕头，从他们的故乡一直磕到冈仁波齐。

这是一部纪录片电影，没有情节的设计。当初导演找到这几个人，说：想拍一部朝圣的纪录片，问他们愿意不？愿意！于是一个怀孕的女人；一个年纪大的老人；一个不谙世事的8岁小姑娘和她的母亲；一个屠夫；一个起房子摔死了邻居的男人，一个小伙子一起上路了。

人物结构非常完整：有男有女，有老有少；有的经过了大风大浪，有的不谙世事；有的对现实迷茫，有的对出一趟远门渴望。重要的是：有生有死！这些人把信仰这个东西覆盖了整个一生。这几个人物我不知道有没有经过刻意的挑选，但是结构如此完整，甚至动人心弦。

从故乡开始，他们磕下了第一个长头，我突然眼眶一热，泪流满面。好在阿球没有看我，反正我喝醉了在他面前哭过了，不过那可以忽略不计，计了的是猪头。

2

小姑娘8岁，她一定不知道信仰是什么，她也不会知道去冈仁波齐做什

么，她也没有期望，不会希望自己能够获得什么，但是她就去了。她病了的时候，老人商量：是不是让她休息一下，别磕头了。她妈妈说：让她磕，磕头有好处。这里的信仰不是个人的自觉，而是前辈的灌输，是一种继承，我觉得是一种移植。

移植的信仰有没有效果，我不知道。但是她被动完成了这一漫长的过程。能不能得到神的垂怜，我也不知道。但是我相信一定会影响她以后的人生，让她坚忍不拔。相信的力量就这样落到了俗世的生活里，这是后来的事情。就是说冈仁波齐没有完成的事情会在俗世里完成。

还有一个屠夫，他在朝圣的前夕还在杀羊。他觉得自己杀戮过重，需要忏悔。但是如果这个屠夫不杀羊，村庄里各家的羊都自己杀，那这杀戮的罪恶是不是就均摊到了每一个人？那他的杀戮是不是另一种方式的救赎？除非大家都不吃羊，但是在那个地方，显然不可能。他一步一跪地磕到冈仁波齐，无非自己找一份安心，自己安慰了自己。

安心！是的，一步一磕头就是图一个安心。俗世的生活，事情总是如此具体，摸得着看得见，被伤害被羞辱都是实实在在的，我们需要一种虚空的看不见的东西来安慰自己，必须永远看不见，必须永远摸不到，必须有这样偌大的空间成全十万里磕头。

这么远的头磕过去，不管能不能见到真神，以后的日子也会顺畅许多，因为这是艰苦的磨练，有了这样的磨练，人就会长出抵抗苦难、绝望的能力。

3

什么是信仰？是相信！是在相信里机械而枯燥地重复，不停地重复！重复是有力量的。《冈仁波齐》就讲述了这种重复的力量。他们第一个磕头我热泪盈眶，第二个、第三个我只是无言地看着，但是导演就用这样的重复讲完了一个故事，重复到看电影的人心灰意冷，中途离场，但是他们还在磕头，一直磕到了冈仁波齐。他告诉你：这就是信仰。

这样的信仰我觉得它需要着回报：或者希望减轻自己的罪孽，或者希望自己好运，或者希望帮助别人。这些都是需要回报的欲望。我记得唐不遇写他小女儿的一首诗歌，女儿跪在神面前的祈祷词是：菩萨，祝你快乐！没有一个人万里磕头去，仅仅说这么一句：神啊，祝你快乐！

而信仰就是为了让人快乐。俗世的生活里，我们为了一栋房子苦苦挣扎，百折不挠，那房子就是心里的冈仁波齐啊；我们为了一个爱人苦苦守候，那爱人就是冈仁波齐；不同的是这些都可以企及，能够企及的就不是信仰。所以冈仁波齐永远是冈仁波齐，人们在有了房子有了爱人以后还会去冈仁波齐。

现实生活里，不管是被满足的或者没有被满足的，永远有一种虚空让我们在午夜惊醒：命运是一个无处安放的谜，冈仁波齐还是不会告诉你这个谜底，但是它会对你说：不要害怕，让谜语成为谜语本身，好好揣在怀里。

但是我还是希望自己有机会去看一看冈仁波齐，我没有想要实现的愿望，但是我相信宇宙间有神秘的东西和关系，我相信时间有重叠的地方，有拐弯的可能，我相信那个地方有宇宙埋下的秘密。

归来　摄影:川上

《我的前半生》告诉我们：没有长久的爱情

我被自己忽悠着看了两部泡沫剧，其中之一就是《我的前半生》，如果不是几个演员好看，这几乎是一部毫无特色的泡沫剧，只供精神空虚的半老徐娘们来消遣，我本来是个青春少年，为了追这个狗血片，也提前进入了半老徐娘的行列，惨不忍睹。

看起来编剧到最后不敢给这几个人一个明朗的结局，把本来写实的东西弄虚了，而且是矫情地虚。仿佛编剧厌倦了纷纷扰扰的勾心斗角和情感纠葛，一下子变成了一个浪漫主义诗人。但是好的诗人是更愿意去写前面的黑暗和悲伤。所以结尾是一大败笔：罗子君和贺涵的隔空对话让人难以忍受。

贺涵掌握了生意场上的规律，和生意人的心理，事业做得如鱼得水。这里的成功是对人性的充分了解和利用。所以贺涵成了唐晶和罗子君的人生导师。当然如果我有这样的一个导师，我也会对他崇拜得五体投地，以身相许。但是不会和他结婚，我觉得一个人生导师做自己的丈夫是一件可怕的事情。人生是无限的，而人生的道理是有限的，贺涵有时候在唐晶面前就折射出这样的局限性，但是他们又包容了这样的局限性，这样看，人性还是可爱的。

罗子君出场的时候是夸张的少奶奶的矫情模样，太矫情。虽然编剧是为了突出后来的罗子君的变化，但是有一点过。有钱人在不知道你有钱的人的面前什么也不是，在知道你有钱的陌生人面前也是一个屁。罗子君不会连这个都不明白，中国的教育不会这么差，罗子君也是大学生，是唐晶的同学。编剧在这里过犹不及，用力过度，痕迹太重。

所以罗子君的少奶奶的日子不长了，因为她太作！我就不明白了：作的人的存在就是一个错误吗？就应该被惩罚吗？当然离婚在我看来并不是惩罚，而且一段关系的解除。但是陈俊生腻味了呀，事业成功的男人容不下一个不思进取的女人了。曾经的海誓山盟瞬间成灰。罗子君一遍遍追问：你不是答应我养我一辈子的吗？你不是答应我照顾我一辈子的吗？

但是哪一个誓言作过数？誓言有时候就是偷工减料的谎言，我从来不相信誓言，因为我自己的誓言也没有兑现过。如果换贺涵那样的能把道理讲得五彩缤纷的人会这样回答她：我许下诺言的时候，你不是这个样子，你现在变了，我的诺言当然不算数了。你不能怪我。

那，怪谁呢？怪子君不思进取，原地踏步吗？但是他们不是贺涵和唐晶的关系，没有参与他的事业如何进步。怪子君没有自己的生活对陈俊生的依赖太重吗？是的，这的确是一个理由，所以任何人都不能依赖别人生活，婚姻也不行。人害怕孤独，但是又不允许别人侵犯自己的孤独，这是悖论也是人性。

励志的故事来了：巨大的生活落差面前，罗子君逆袭成了一个成功的职场女性，成了第二个唐晶。而贺涵的爱情剧跟着来了：奋斗的、专注的女人总是如此吸引人，贺涵开始爱的是奋斗的上升的唐晶，现在爱的同样是奋斗的、上升的罗子君，贺涵爱的是同一个人，这样的爱情伟大在什么地方呢？这样的爱情让人欣慰：爱的是进步中的人。但是也让人心寒：爱情原来是有条件的，而且是如此苛刻的条件。爱情从来不会给谁制造一个温柔乡，它是吝啬的。

这里的爱情是残酷的，因为生活也是残酷的。所以纯粹的爱情是没有的，它更多的时候是一种追逐，一种补充。换言之，爱情也是乏味的，如果两个同样阶层和相同思想的人在一起应该怎么办呢？这里也许还要一个条件：对生活的享受和对别人的接受。这两条很难。是凌驾于商业智慧和人情智慧之上的。但是如果两个人同时在这个阶层上，爱情的存在就是一个考验，比如贺涵和唐晶。因为爱情说到底是灵魂的吸引，相反，这时候的外貌和身体都成为了次要条件。而没有落差的灵魂会进入一种博弈。

结尾的时候，唐晶说了一句话：贺涵，你不会知道一个人曾经怎样爱过你！是的，爱得太认真，不愿意在生活里给他多一点负担，生病的时候也是一个人扛着，扛得别人都觉得不需要他了。爱到不会撒娇，不会示弱，爱到只剩下自己。我不知道这是爱情的可悲还是人生的成长。写到这里，我就觉得没有永远的爱情，只有刹那的烟火。人的孤独性是迈不过去的一个坎。

最后说一说老金。的确，这是一个不折不扣的好人，但是好人不一定就能成为好的爱人。他在罗子君面前谨小慎微，唯唯诺诺，生怕一不小心就惹得罗子君不高兴。当然我也是这样的，我喜欢一个男人的时候也会这样。但是这样已经违背了爱情的本意。一个不够自信的男人是没有吸引力的：你能够做的保姆也能做到。

我当时特别担心子君会嫁给老金，如果这样，子君会第二次离婚。就像现在许多人质疑我离婚一样，我就想对那些被小道德绑架，而且没有能力分辨是非对错。人说一句：你晓得个屁！好人也会使心眼，老金在公司里的做为无疑都在给子君增加压力，这是算计，而不是爱情。一个男人的魅力不是他好不好看，而是有没有气度。当然像贺涵那样的装范也太过了。（像我认识的范俭那样的就刚刚好，哈哈！）

向天空挥手的人

□ 余秀华

是的，她有空荡荡的躯壳

她灰心丧气地坐在厨房里
墙角的土豆也灰心丧气，腐烂的气味溢出来
慢慢地溢，惊动的只有她了
她有熄灭的炭火，鞋子也冷了，雪还粘在上面
那些假象不再打开
而信件一定要丢失在路上
信件里的春天也在熄灭，首先熄灭的是老屋里的蜡烛
她写过99封信
写到秋天所有的果实落到地上
她的口袋里只有空白的信纸
她灰心丧气。不想画一匹跛马
黄昏和昨天一样落下来，她没有看见它
再没有火星溅上了，她知道

如果你在就好了

要一个人看我灰心丧气的样子，看我悲伤的乳房
从我身上看过去，看秋天雨后的向日葵
看缓慢流过的河流。
要一个人看我慢慢消逝的样子。看我栽种的蔬菜
摘下的虫。看我在绝望里

唱歌的样子

要一个人看着我上街。看我在车站的台阶爬上去
看我在人群里寻找自己的影子
他不会用自己的影子骗我
要他吃下我买来的苹果。说一说我们来世的孩子
这一世余下的时光
我们就这样度过

要一个人看着我死去,在我坟头唱歌
阳光洒在他脸上,他不停地唱
留下他一个人看风景。而风景如初
要一个人好好活下去
遇见和我一样的女子
一样纯粹的

距　离

袒露在灯光里的,水是蓝的,山也是
天空一向如此。今天的忧愁多一点,天空一向如此
而我遇见你,是一种凌乱向单一靠近
酒馆外的灰卷过来又散开去
一些初长成的姑娘在夜色里走得缓慢
我给世界预留的,也有给你的一部分
而今天,你的部分灿烂得多一点
包括你举起的酒杯,你酒杯的光晕里的酒
我多希望你问问我,明天在哪里
虽然我一定不会告诉你
如同我今天思念着一个陌生人
仿佛看见他画着一幅画
画不出一个姑娘的眼睛

这个夏天有一场潮水

它总是会退去的，伴随一些说不出来的牺牲
我们在裸露的废墟上哑口无言
你灰色围巾还挂在没有结果的枣树上
风有时候吹来，有时候不吹来
有时候我擦菩萨上的灰尘，也擦你照片
我许久不和你说话了
端庄地坐在菩萨面前
这时候我把你照片翻过去，不给菩萨看见
我有多少羞愧啊
我把这棵枣树画下来，给它果实
给它葱郁之心
门前的情侣在傍晚走过去了
暮色就这样合上来

雨下了一整夜

一只天鹅的羽毛硬了起来
它伸展的时候空气撕裂出细口子
岸边的垂柳比春天安静，仿佛不能言说的错案
画家只带了一支笔
在多余的部分里，他省略了自己
雨泼在伞面上
他的几次婚姻里的油腻拖在脚底
众多的虚构里
人生始终拖着它的断尾巴
天鹅不停啄它的翅膀
直到第一片羽毛软下来
湖水的孤独慢慢合一
它知道应该从哪个地方下去
画家的胡子很长，而面容皎洁

无　题

她固执而傲慢。乡村的夜色袭来又荡开
那些香味可以再扭曲一点：艾，茅草，荷花
她漫不经心地抚摸。以及皮肤上龟裂的感情
蜻蜓死在空中，她火一样的身躯
向高处飞
她傲慢地对待自己爱过的身体
任由她复燃，熄灭。夜来香矮矮地呻吟
这大地上的诱惑
明天她要为一个男孩子写一首诗歌
她吻他的时候，他那么痛苦
他不信任她苍老的唇上的深情
她固执地不悲伤
她在这间房子里反复梦见一个人
他卡住她的脖子的时候，她还在说
你来吧，来吧

向天空挥手的人

在喂完鱼以后，南风很大，大朵大朵的蓝被吹来
她看了一会儿鱼。它们在水里翻腾，挤压，一条鱼撞翻
另外一条
一朵浪撞翻另外一朵
如果在生活里，这该引起多大的事件
如果在爱情里，这会造成怎样的绝望
一定有云朵落在水里面了，被一条鱼喝进去了

如同此刻，悲伤落在她身上，被吸进了腹腔
或者那悲伤只因为南风大了，一个人还没有经过

她喂完了鱼，夕光缓慢了下来
风把她的裙子吹得很高，像一朵年华
随时倾塌

突然，她举起了手，向天空挥动
一直挥动。直到一棵树把她挡住

横店村的雨水

半生已逝。雨水还想清洗出一个好黎明
重叠在尘土里的脚印都流进了低处的沟渠

承接过月色、芦苇、野鸭的沟渠
在一场雨水里有它摇晃的弧度

那个在黄昏里举酒独行的人
我爱她。如爱从低处往高处飞的蒲公英

如果一个女人不提到爱就好了
她的悲伤在麦子收割后的田野上流淌

薄如蝉翼
却捅不破

这浑浊的世界到了横店村就干净起来
以便这里的人看到清晰的灭亡

下午，摔了一跤

提竹篮过田沟的时候，我摔了下去
一篮草也摔了下去

当然，一把镰刀也摔下去了
鞋子挂在了荆棘上，挂在荆棘上的
还有一条白丝巾
轻便好携带的白丝巾，我总预备着弄伤了手
好包扎
但10年过去，它还那么白
赠我白丝巾的人不知去了哪里
我摔在田沟里的时候想起这些，睁开眼睛
云白得浩浩荡荡
散落一地的草绿得浩浩荡荡

面对面

就剩我和他了，许多人中途离场。许多羊抵达了黄昏的草场
而风也静下去了，我的裙角仿佛兜起了愁苦
低垂，慌张。不，一些事情我一定要问清楚
你看，就剩我和他了

你曾经控告我：说我半夜偷了你的玫瑰
把一匹马的贞洁放进了井里。哦，你说你坍塌的城墙
有我攀爬的痕迹
你说如果不是把心放在保险柜里，你如今都缺了一部分

你说：我就是那个女匪么？
你说我绑架过你么，在你口渴的时候，我不曾想
用我的血供奉你么
你说我为此荒芜的青春有人偿还不

他不说话
他扭过头去，一言不发

匠心

那是阁楼上的女子,从她的少女开始,她就接受刺绣的训练。当她完成刺绣,她已像一幅绣花成熟而美丽。她的命运就系于那幅刺绣团裹成的小球上。

——沉 河

一个在细语，一个在抚慰

——几种手工

□ 沉 河

（一）

剪纸及粘贴

我准备好剪刀、胶水，也不尽是这些。实现同一种目的可以有多种手段，选择在条件具备下的一种——这可能不是最好的，但最方便，甚至对于此时此地它是唯一——也是对智慧最好的酬劳：检验了我们面临事情的应变能力，以及手——万物中最灵活者同思想的配合程度。

今天我进行两种：剪纸及粘贴。在目光的测量下，把纸剪成所需要的直线。从有所参照到无所参照，手愈来愈显示出它的方向，它的沉着、稳定。心与眼与手在直线上贯穿。心之所到即眼之所到，眼之所到即手之所到。万事万物在直线之外，而以之为轴心。这直线敏感、脆弱，又延伸至遥远。探测着某种深度，代表着我的时间，与一次铭刻于心的旅行相仿佛。

现在，我把这些直线粘贴在另一些直线上。粘贴的目的在此即手段。至于胶水，它是永远的隐蔽者，连接着表面与内在。正像诗人连接在大众与神之间，它重要到在它完成使命后，谁也不会想起它的重要。除非它逃跑，放弃，拒绝服务，让表面与内在永远无法沟通，让内在成为表面；让不该暴露的丑陋现形于世，应该宣扬的没有根基。而我把一些直线粘贴在另一些直线上，如果我做得好，它使三者都失去意义；如果我有些力不从心，直线、胶水、粘贴都把性质改变。

这或许是最简单的手工，却是最本质的手工，以无目的为目的的手工，是一切手工最好的准备。

而一个夜晚，我就在手工中度过，把一些纸剪成直线，又把它们互相粘贴在一起。它们仍然是些直线。我以此开始深入手工。它提醒我一个人的迷失、返回、专注种种。我会保留它们。

装　订

我不能把一些不能在一起的事物装订在一起，我只是把本应该在一起的事物装订在一起。我所做的最重要的事情就是寻找与选择。但现在我所做的是实现装订的最次要的目的：便于保存，便于携带。它像一个木头箱子，把那些可有可无的东西聚集在一起，随着时间的推移，事物的变迁，它们也从新到旧，成为历史的一部分。从这个意义上看，历史简略而言就是一种装订。但历史本身是有秩序的，历史的错误往往就是装订的错误。但我仍然不能把一切都装订在一起。任何装订都会遗漏一部分，而保留另一部分。也许是其价值使然；也许原因很多。很偶然地就成了这样。但我对失去的并不甚惋惜，对留存的并不甚钟爱。

但装订作为一种手工，与剪纸及粘贴相反，最不具有形式上的意义。装订的意义在于被装订的意义。这有些像我们对于语言的态度：一些共有的语素，把它们装订在一起组成词和句子。语素不变,而句义的变化引人注目。"是不?""不是?"这是两种装订。我最看重这种变化的结果，而不把手的力量、针的尖锐铭记于心。材料已经准备好，秩序已经确定，装订实际上已经完成。就像一幅画已经写就，最后的工序是装上木框，钉在墙上一样，装和订使事物显现了自身。所以装订的快乐又最高。

我在不同的装订中通过比较有如此体会：最高的快乐有不同。像我把金银珠宝装在一个箱子里，而把砖瓦土石装在另一个箱子里，前者体会到得到的快乐，后者体会到丢弃的快乐。它们怎能相同?

海德格尔说，诗人通过诗把永恒固定起来。他强调的是诗之本质。我在此强调的是通过装订固定起来的永恒。

心之所到即眼之所到，眼之所到即手之所到。
万事万物在直线之外，而以之为轴心。

制　琴

最高雅的手工是制琴。制琴的手绝对柔和又有力。同时它懂得音乐,它会倾听。这也是最复杂的手工。它不排除使用越来越先进的工具,但手是它的灵魂。制琴师从年青到年老,他的手与木头一起受到磨砺。一双耳朵被磨砺得听得到无声。从粗糙到精致,制琴涵括了艺术过程的始终。但它不能被称作艺术。它只是一种手工。如果我们换一种欣赏的眼光,它可能比艺术更美,更有价值。因为手是谦虚的。它在无用之时,从不张扬,而总是垂在下面;需要它时,手越过了身体的其他任何部分。一个人趴下时,它最先趴下;在一个人向上爬时,它抓在最高处。但它是谦虚的,它所有的劳动都被遮盖在大脑的劳动之下,正如制琴本身被淹没于一片琴声中。

我还是回到制琴本身。一把琴是没有样本的。制琴师或许知道它的形状,但要知道它的声音是艰难的。但我可以想像真正的制琴师,在他选择木头时,已经知道了它的声音。任何一种木头发出的声音都是不可代替的。因为木头也是不可代替的。但这并不意味着后面的工作已经不再具有刺激性。像脱衣舞一样,随着衣饰的脱落,美丽的胴体显现,同时,如巴尔特所言,在脱掉衣服的刹那,消失了性欲。制琴师刨剔、磨砺多余的木料,露出它的声音,他就从目的的苦欲中解脱出来,上升到一种陶醉中。

但制琴师不占有它的产物。他与琴相恋,而不拥有琴的一生。没有谁比他更知晓一把琴的历史,但他不是为一把琴而生存的。他或许会拥有一生中最后的一把琴,那或许的确是最好的,但那拥有的机会来自命运的赐予:他结束了手工,那把琴停留在最后的路途。所以很难想象制琴的普及。在所有的手工中,它与手工者联系得最紧。这种联系自然不仅仅靠手来完成。又,它像不是手工,实际上,我们说过,它是最高的手工。最高的也是本质的,制琴包含了手工的本质。

泡　菜

首先我探讨得是一个动宾词组,然后它变成名词。

泡菜是一个简单的过程。它选择那些朴素的蔬菜,洗净它们,然后放在一个缸里。缸里面首先已装上了用各种调味品配制的"水",随后,时间把它们变成美味。其过程的终结就这样成为概念——一个名词。在此,时间显得分外重要。因为并不是所有的过程都会成为一个概念的,如"做工""写诗"等。也有另一种情况,过程即概念,如"生"与"死"之类。它们是一个过程,也是一个概念。

在我所能得到的关于泡菜的知识中,这一点值得注意:并不是所有的手都适宜做泡菜的。有些手会败坏泡菜,其原因不清楚。这跟手的清洁无关。仅从认识论的角度而言,可能是这些手的"成分"与泡菜所需的"水"产生了不良反应,而改变了"水"的性质。但这并没有科学根据,而且过分干巴。我情愿不知所以然,并且使用那些可用来做泡菜的手去做泡菜。这一点让我乐于认为泡菜自有它的神性。这一点也让我乐于认为它是一种最神秘的手工。也许正由于它太接近生活的缘故。

我在一个电视节目中了解到韩国是一个大规模生产泡菜的国度。泡菜成为一种生活的必需品。制作过程日趋复杂,并且从家庭泡菜转变为作坊经营。这种转变是否改变了泡菜的性质我不得而知。但我想,这种改变不是强调了作为动词词组的泡菜就是强调了作为名词的泡菜。对其中之一的强调,使时间已经被忽略了,往往时间即过程,或时间即概念。最初,泡菜的魅力在于等待——对时间的关注。

刺　绣

刺绣是种温柔的手工吗?刺绣是种象征。象征是其不是。当我想象的目光投向刺绣,我看到的是中国女子古典模样、透明的手、等待的青春。这是漫长的手工,一针一线都是从一个黎明到另一个黎明的缩影。

那是阁楼上的女子,从她的少女开始,她就接受刺绣的训练。当她完成刺绣,她已像一幅绣花成熟而美丽。她的命运就系于那幅刺绣团裹成的小球上。

在它或她走向完成的途中,它或她是纯洁的;在它或她完成之后,它或她开始被使用。再美的刺绣也不是用来欣赏的。正像再美的女子也要生儿育女一样。

但这不是我应关注的。我关注的是刺绣何以完成,它有何根据如此漫长而细致,它又如此小!——这是女子的秘密。又,女子有何根据如此迷人,有何

当我想象的目光投向刺绣，我看到的是中国女子古典模样、透明的手、等待的青春。
这是漫长的手工，一针一线都是从一个黎明到另一个黎明的缩影。

根据搅乱世界?——这是上帝的秘密。

刺绣的女子她绣的是自己。她刺的是恨,绣的是爱。刺绣中,情感日渐丰富起来。而每一个男人在刺绣面前会失去鉴别能力。他对刺绣一无所知。当他偶尔观察一下刺绣的过程,他感到心口发痛。刺绣绝对不是一种温柔的手工!最亮的小针更容易打败一个男人。如果我们留心一下医院里掀出臀部接受针刺的男人那绝望的表情,会有更确切的认识。我原本怀着极大的温柔来叙述刺绣。我发现温柔隐藏在忍耐中。我继续看到一个女子在灯光下刺绣,我看到的只是她在窗上的影子。这才是真正的刺绣,绝对温柔的手工。

附:手工的历史

手工诞生于手,消灭于手。当手制造了更多的机器,机器的工作便消灭了手工。手工起源于人类的初始时代。它能保持至今,完全是人性使然。但随着人性的逐渐丧失,手工最终成为我们的一种回忆。那时,人与机械已无两样。这不指人与机械一样聪明,而指人与机械一起愚蠢。

手工同其他任何事一样经历了准备、兴盛、没落的三个阶段。剪纸、粘贴及装订属于准备阶段,它训练了手。泡菜、刺绣和制琴属于兴盛阶段,它们使手与人类的生活、艺术息息相关。补牙无疑是没落阶段的产物,它已很难让人想到是一种手工。我们从补牙可以联想到文身、美容等。手工就这样从训练手到改变世界到改变人自身而走完它的历史。

唯物论认为人因为手和语言与其他生物区别开来。手和语言开创了人的历史。唯特根斯坦说,我们在与语言搏斗,我们已卷入与语言的搏斗中,语言最终逼迫我走到了尽头。现在,手也如此。我们走到了手的尽头,手的死。

"或许谁都知道,生就是死,死就是生。"——欧得庇得斯如是说。

（二）

微　雕

不能说微雕就是在微小的物体上雕刻。一根象牙，一个桃核，与一粒米，就相当于一根大树与一根小草，一座房子与一块砖。如果我是一只蚂蚁，一棵大树就是我的庞大的王国，一座房子就是我的整个宇宙。而现在，我恰好是一只蚂蚁。因为我是一个微雕者。我的世界甚至比一般的蚂蚁的世界更小，它就是一根象牙，一个桃核。在它们身上，我隐藏着我的一生。

与其说我是在用那尖细锋利而又无比坚硬的刻刀雕刻，不如说我用我的意志在雕刻。与其说我坚持一种信仰，不如说我坚持一种道德。生命的卑微全因为肉体欲望的庞大。而我正是在我从事的工作中找到了做人的尊严。因为我发现了一个秘密，我的世界在我手的把握中。而这一个秘密实际上就是那些自命高贵的人共有的秘密。我借此得以时刻展现我微笑的生活，在所有大刀阔斧地生活着的人们面前。

而且我的眼前总有着光明，强大的光明。正凭借着它，我才看清了我们世界的全部。它原本是那么的小，同我们的心一样的大小，但由于我们的心是一种"勃起性的器官"（罗兰·巴特语），我们的世界就被无限放大至一种虚无的存在。无边无际啊。而现在它展现在我面前，就仿佛是一个初生的婴儿。

我就抱着对一个婴儿的情感对待我的微雕作品，我的整个世界。因为我是一只蚂蚁，"一片叶子让我度过一生"，我的弱小的身躯中没有仇恨的位置，只有爱，这爱只为报答我们短暂的一生。

食　雕

诗人张枣的一首诗中有这样一个句子："大伙儿戴好耳机／表情团结如玉"。另一句为"他们猛地泻下了匹锦绣／虚空少于一朵花"。很奇怪，我居然能把它们与食雕联系在一起。由此可知，诗歌应是世界最大的涵旨最丰富的隐喻了。它的超愈目的的行为就像普照大地的光亮，其本身只是展现，于万物又大有裨益。

食雕如昙花。再美的食雕最终也是让人大快朵颐。就像我曾在另一篇文章里说过的，再美的女人也是男人用来满足色欲的。生殖的目的消灭了本已短暂的美。所以远于君子的庖厨对食物再怎么精雕细刻也改变不了它们消灭于人的食欲中的命运。这种悲剧命运的真正承担者还是那个"表情团结如玉"的厨师。他的一生岂止是用来取悦于饕餮者的！当然我们站在人类文明的历史角度看食雕，情感倾向会有所改变。食雕相对进步于茹毛饮血。况且如今，在文明世界日渐沦入虚空时，食雕不正如一朵花，是聊胜于无的那种多。但尽管这样，文明仍是一种虚饰，食雕仍是一种矫情。因为在欣赏美与消灭美之间是无什么可调和的。人的肉体的欲望与精神的欲望也无法共存。在文明的餐桌上，没有真正的文明，只有推杯换盏，利益共享。可怜那些小人物，他们被吃的命运早已注定。世事如斯。发生在餐桌上的故事永远都在发生着。这就需要我们的食雕越来越精美，这样，文明的餐桌就更能有足够的空间与时间酝酿我们的下一个文明，把我们越来越远地带离纯朴的文明。

食雕便是一朵文明的花朵。

皮影雕刻

同样是把多余的东西镂空，但皮影雕刻与其他雕刻相比，它展现的并不是留下来的实体本身。它是以其本体的影子而得以显示它无穷的想象魅力的一种看似简单，却包含丰富哲理的一门艺术。它也是唯一的能动的雕刻。它的活动所表现的是世界的生命的层次。它对人说，你所看到的不是我的真实，你所听到的不是我的话语。但我的真实又不是我的思想，我的话语又无法表露我的情感。亦真亦幻，无真无幻。光影飘动之间，光即是影，影即是光。我的现在就是我的过去，我的过去就是我的未来。我生存的世界原本是一个虚空，我表现的世界也本是一块空白。我之存在的意义并不在于制造我的人，而在于面对我的人。如果没有另一双面对表象的眼睛，如果没有另一双倾听虚无的耳朵，我的生命就是一片孤寂。

但皮影雕刻者有另一种说法：我的真实就是我所表露的。我的影子抖动的就是我的吟唱。正像诗歌中，文字歌唱思想。我的影子才是我的情感和思想。皮影雕刻者像一个羞涩的人。他脸上的红润并不是贴近他的灯光所带来，

如果没有另一双面对表象的眼睛，
如果没有另一双倾听虚无的耳朵，
我的生命就是一片孤寂。

而正是来自于他的内心。王侯将相、才子佳人是他的梦想。但如果是一个帝王也喜欢皮影，那么这个帝王天生就是一个向往平淡的诗人。

无论如何，这里有柏拉图的世界，却没有柏拉图的思想。因为影子对于实在并不是如它们的命名一样简单。在皮影雕刻中，对于第一实体而言，谁又能真的分清影子与实在？

面　具

面具是用来遮蔽自己的脸面的。但面具最本质的特点在于它的不被遮蔽之处，即空洞的眼。这双空洞的眼是来显示那双实在的眼的。在一场假面舞会上，每个人都有他特别喜欢的面具。这幅面具不能说就是他的一直被遮蔽的真实的体现，但至少现在，他那双未被遮蔽的眼睛显示出更多的真实。同时，这双眼睛射出的光芒又在探寻着另一张面具下的真实。现在，一个少女可能就是一只老虎，一个绅士可能就是一匹狼，一位将军可能就是一只小白兔。面具时刻都在提醒着我：你所喜爱的未必能如你所愿，你所逃避的恰恰是你一生所求。当一次次的追寻归于失败时，你就没有理由再坚持你自己，于是寻找者变成了被寻找的人，他同样隐藏在面具下。

空洞的眼，空洞的眼在此有了非同小可的意义。它的笑容是各不相同的，它的色彩的层次也各不相同。也许真实就存在于一瞬的闪耀之中，但已足以与虚假区分。这种真真假假的对立与前面的皮影不同就在于它是共界的，即在同一个层次上展现。因为面具对原形的遮蔽是贴近，对原形的改变是即时。而皮影不仅仅只在于影子与原形保持着一定的距离，它们一为皮，一为影，而且在于这种改变有共同的渊源，即人心中的那象——心象。所谓心由境生，境由心出。真假问题在皮影中是较为统一的，所以我说它"无真无幻，亦真亦幻"。

而面具，与它被遮蔽的原形永远有那么显著的对立：善与恶，美与丑。正像一个人的外表与内心往往不能统一在一起一样，即使统一着，外表永远是外表，内心依然是内心。面具仍是面具，原形仍是原形。一场假面舞会后，一切面具俱被摘除，而人生本就是一场最大的假面舞会，所谓盖棺论定，只有死亡才有可能摘下一个人一生的面具。那时，我有理由提出一个问题：一个人一生的面具在多大程度上就是他的原形？

插　花

　　写过一首诗，命名为《插花》。我不是写一个人的插花艺术，我写上帝的插花。我把上帝称作一个最了不起的插花大师。他把太阳，这最美的花朵插在白日的天空。他把月亮和星星插在夜晚的天空。有时候，他还插上一些云彩。如果仔细分析一下他的插花艺术，可以得出人们的插花标准：美不胜收。像太阳的美就表现于它的灿烂光芒，它的耀眼夺目。这巨大的光耀，使人们不敢仰视，但又随处可见之。它把一千朵一万朵红红的玫瑰插在一起，它所表达的岂止是浓烈的爱情。简直是一个人爆发的全部生命。而月亮和星星就表现于它的清淡忧郁，它的诗情与画意，浅言与低语。它的朦胧与不定的变幻。它把大自然中轻香暗放的花朵插在一起，给人的是一种情感的微醉，半梦半醒。

　　美不胜收。这说的的确是插花艺术。把美与美集中在一起而能得到更美，就是插花艺术。可是我看到了太多的恶劣的插花。它们扼杀了一朵单纯的花的天姿与芳香，把花变成了人恶俗的思想的体现，损坏了自然。花也因此丧失了鲜活的生命。那些插花者以为把美与美集中在一起就一定能得到一种更美。或者说，他们认为把世上最完美的器官集中在一起就能得到一个绝色大美人。他们没有认识到插花永远应该模仿自然，并力求不丧失花儿的灵魂。它所做的无非是制造了一个可以移动的自然。因为真正的自然是不动的。是必须让人自己去走近的。花朵只有开在大地上才是最美的，更多的花朵开在大地上永远更美。只是一到人的手上就发生了转变。也许这只是一种转变了的观点吧。因此，我不讳言，我不赞美任何插在器皿里的花。我只能祝福它们，在短暂的生命日子里把美保持得更持久一些。我赞美那些在大地上插花的园艺大师。他们的花朵总是有一个又一个春天。

根　雕

　　让我来关注一个树根。尽管现在它就成了另一种东西，譬如说，它是一头咆哮的老虎，一个轻吟的诗人，但它仍能让我看出它扭曲的形体，结实的躯干，仍能想象出它一生所经历的黑暗。

　　它老了，所承载的树干也早已腐烂。但它是不朽的。风雨吹刷尽遮蔽它的泥土，阳光炙烤过它一度春秋。现在它端坐于一个文人的书桌前，被雕刻家打磨过的身子甚至放出了光彩。它是一只老虎吗？它是一个诗人吗？我想，它与他们的唯一联系只能是他们也许与山有过关联。这个树根是老雕刻家亲自从山上采挖下来的。他雕刻它时听到了老虎的咆哮，诗人的轻吟。但他用了一种特殊方式来听。对于他而言，声音不是听来的，是看来的。他看到了一切，包括声音。在很多时候，雕刻家都是聋子、哑子。他不听不说。他可能一辈子都不听，不说。他又像盲人，用触摸来感知世界。所以一个树根在他的眼里，在他的手中就变成了世界的力与美、愤怒与喜悦、惩罚与安慰。

　　于是我想到自己的根。任何植物都有它触摸得到的根。而我的根在哪里？是因为我（包括其他人）的漂泊，从而失去了自己的根，还是我包括其他人原本就没有根，所以注定一生都在漂泊？静的物总是把根扎在地上。我的根一定是在天堂。如果我的根不牢固，不粗壮，我的生命就没有光彩，不能茁壮。如果我腐烂了我的根，我的生命就会没有未来的方向。

　　树的根一生都在黑暗中，我的根一生都沐浴着光明。它们都是源泉。

　　于是我们的诗歌、我们的艺术就是我们自己的"根雕"，永不腐朽的一生。

纺　纱

　　在我进入到更主要由女性完成的手工时，我停顿了。我的思等待着情感来启动。但我的情感是静默地到来的。它缓缓地浸染了我的身躯。就像色水进入到一件纺织品时，我的从内到外都改变了。时间都改变了，空间都改变了。

　　我的童年沉眠于祖母纺纱的"吱嗯啦"中。它在一个又一个夜晚永不停歇似的，这声音像祖母的怀抱一样安逸。"吱——嗯——啦"，绵长而细软，一圈又一圈，同纺车上的纱线的环绕相一致。它们不断地延伸，但又因这循环的方式，延伸进我的梦，然后将它缠绕，让梦有一个家，让梦温暖。昏黄的油灯光，在梦的狭小的世界里显得金碧辉煌。而我照在灯光里的祖母，变成了童话故事里神奇的老奶奶，她的神奇总是改变了一个弱小者的命运，让他的一生都在幸福中。

王居正(北宋) 纺车图

　　这就是我的记忆中的纺纱。

　　这是一种不需要太多技巧的手工。它依赖于一辆拙朴的木制纺车，女性的手一只摇着车柄，另一只牵绕着棉花，柔软的一团即变成较为结实的一根。其温暖的品质却没有改变。这全在于女性的耐心与柔情使然。而且它重复单调的劳作之所以没成为西西弗斯不堪忍受的苦役，也在于此。因为她所纺的是一个人冬天的幸福，而这幸福也是她一生的幸福。在她的眼里，白线与声音又共同构成一对相依相伴的恋爱中的人。一个在细语，一个在抚慰。这是朴素生活中所存留的稀少的诗意之一种。

　　但是久违了纺纱这种手工。没有了烛光，没有了"吱——嗯——啦"的声音。我的衣服中没有了女性的手的柔情。于是想说，谁能给我一个温暖的梦，给梦一个温暖的家？

美好的永生

　　人啊，如果你有一块玉，请你千万要保存好它。它是我们精神的粮食和源泉。在写作这一段文字之前，我要清理好我的书房，沐浴净我的身子。像诗歌是语言中的语言一样，玉是美丽中的美。如果你有一块玉，你的生命中就有了一片永不黯淡的光彩。

　　古人称玉为美石。因为它是石料中较为圆润、富于色彩变化的优质品。它最初也被用来制成工具，如玉斧之类。那是一个怎样"暴殄天物"的时代。但玉那温润而变化的色彩，光洁而坚实细密的质地，展示着它是石头中的花朵，吸天地雨露之精华而成的万物之灵魂。而这必然引导着我们人类的祖先塑造着自己追求美好、敬畏向上的心灵。于是玉逐渐成为人类某种与物质世界脱离的象征体。它象征着纯洁美好高贵幸福。人们"宁为玉碎，不为瓦全"。在商周时代，就有所谓"苍璧礼天，黄琮礼地"之说。玉璧、玉琮成为古人祭天祀地的象征。战国时代一块"和氏璧"也成就了多少历史人物的美名。封建王国诸侯，玉玺就是他们一国的权力化身。玉玺落入他人之手，这国家也就归属了他人。而一般人家，如果有一块好玉，也会以玉为传家宝，它就是一家人的气脉。在战乱期间，为防骨肉分离不便相认，人们常把玉剖为两半，这一半就总是牵引着另一半，一直到它们重新合二为一。至于各种各样的令牌，也多由玉雕成，见其令牌如见其人，而且情况往往会变成这样：在令牌主人面前，人也许还有小不敬，而在闪耀着玉那纯净而神圣的光芒的令牌前，人情愿俯首帖耳。在此，形式仿佛有了它自己的生命，那超愈内容的牵制的独立存在的生命。也正如在诗歌中，情感与思想固然决定了语言，而语言更能够调动起读诗者的思想与情感。

　　因此，一个雕玉的人与其说是在雕刻一块更美的石头，不如是在写一首诗。他是在语言的宝库里写诗，他不需要更多地挑拣语言，他只需付出他的虔诚。他小心翼翼地琢磨着，正像明人高濂所赞："碾法宛转流动，细如秋毫，更无疏密不匀交接断续，俨若游丝白描，毫无滞迹。"在这里，雕玉的人精气在游动，达到了庄子所言的游刃有余的境界，非如此不行。玉雕完成后，他又千般万般呵护着，总是把玉包裹于彩绸锦绣中，不容他人之手污染。在雕玉的人眼里，一块玉是一个活生生的生命。一次性的生命。死亡之后就不再有死亡。因为它也不会复活。而它的美又是如此稀微。它是永生。

　　所以，人啊，如果你有幸有一块玉，请千万要好好保存它，它预示着我们美好的永生。

自那以后，父亲就没机会抽我了，他的鞭子也退出了我的生活。但我常常自虐到欠抽，尤其是在我做错事、爱错人时，永远有一条隐形的鞭子在将我抽打，只是鞭子已经不在父亲手里了。

——李婵娟

爱上他的鞭子

童　年

下水摸鱼，上房揭瓦
打着赤脚踩在石子路上不知疼的日子
我犯下许多错

天黑了，我不敢回家，我怕
我怕父亲的鞭子抽破我的花裙子
抽烂我用糖纸扎好的麻花辫子

一整夜，我躲在别人家的稻草垛上
数星星，当哑巴
一只土狗跑来凑热闹
对着黑夜大声吼叫

在无数个梦里，我的童年
倒挂在一棵苦辣子树上
被父亲的鞭子抽打

一

　　我的父亲不像油画《父亲》所展现的古铜色脸上透出勤劳坚韧。
　　他年轻时候有一张盗版王志文的脸，后来越来越老，越来越丑。
　　他从来没有抱过我，也从来不和我说细话，如果生活是一部戏，在父亲的戏份里最重要的道具是鞭子。
　　他的鞭子不仅抽过我，还抽过那些曾经偷偷跟踪我回家的男孩子。

在父亲的眼中，所有追求过我的男孩子都是癞蛤蟆。

在父亲的鞭子下，我会成为一只或老死或病死的天鹅。

从记事开始，我没有叫过他一声"爸爸"。

小时候，我体弱多病，有一年除夕夜，我在堂屋里剥大蒜，突然从小板凳上摔下来，不省人事，昏迷三天三夜，村里赤脚郎中说这女娃娃已经丢了。

父亲找来的一个算命先生说我们的命相克，必须改口，他在他的兄弟中排行老二，我叫他二伯，自我叫他二伯以后，我的病就好了，后来越长越结实，活蹦乱跳像只猴子，和村里其他一些毛猴子娃娃一样，整天偷鸡摸狗，惹是生非，因此没少挨他的鞭子。

鞭子挨多了，练就了一身糙皮厚肉，猪被拉去屠宰都知道嚎叫，我挨打不哭也不哼，比牛还犟。后来我在课本上看见刘胡兰的样子，她和我一样的短发，我每次挨打的时候都觉得自己像极了她。

母亲心疼我，觉得女娃娃留下一些疤痕，以后不好嫁，她送我去舅舅家上学，只有寒暑假才会见到父亲，我挨打次数就少了许多，但这样养着的肉也变金贵了许多，对疼痛的感知度也变强烈了许多，我越来越怕他的鞭子了，但我还是会不断犯错。

印象最深是小学五年级时候，听弟弟说自从我去舅舅家以后，隔壁的超娃总是欺负他，还每天放学让弟弟给他背书包。我气不打一处来，决定教训超娃一顿。超娃比弟弟大三岁，小我两岁，跟我干架从来没赢过，后来也不敢惹我。那次我叫他把裤子脱了，跪在我弟弟面前，我用一根竹条一边骂他一边抽打他的小雀雀，抽得又红又肿才罢休。

超娃的娘来家里哭闹的时候，我还在山里放牛，打瞌睡。弟弟跑来报信说，超娃的娘来咱家闹，要你以后跟超娃结婚，说超娃的雀雀坏死了。她还把咱们家的鸡都抓去了，说是给超娃补身体。

那天，我没有回家，我让弟弟去灶屋里偷来一盒火柴。

那天夜里，我点燃了超娃家的谷垛，又连夜跑了十几里山路，去了一个不知名的村子，躲在一个稻草垛上睡着了。几天以后，我实在太饿了，回家偷东西吃被父亲逮住了。我依然没能躲过他的鞭子，那次我被他倒挂在门前苦辣子树上，衣服抽破了，辫子抽散了，皮开肉绽。晚上，既不能躺着睡也不能趴着睡，只能站着，困得不行就胡乱歪着。

那年，我闯了童年最大的祸。我也为犯下的错买了单。我家的谷子全部赔给了超娃家，没谷子还任务粮，也没谷子换钱交学费，我辍学了。

那年，我12岁。

摄影：林东林

二

辍学那年，没有粮食，经常饿肚子，吃得最多是南瓜，直到现在我都见不得南瓜。

那年，我每天早出晚归干农活，田里地里总有干不完的活，油菜，芝麻，花生，黄豆，红薯，高粱，玉米，稻子，麦子，还有各种蔬菜，家里全部都种了，三十亩田地没请过外人帮忙。我每天累得像死狗一样。

夏天，父亲中午会休息一会儿，母亲做饭，我还要顶着烈日去打猪草摘蔻叶，那时候我在心里暗暗发誓，长大了宁可当婊子都不当农民。

冬天，田地里活少些了，但要上山砍柴，储够一年的柴火。每次，我砍柴实在砍不动的时候就在山里大声叫，"砍死二伯，砍死二伯"。只要把柴当成二伯砍，我很快就能砍很多背回家。

有一天，父亲和我一起在院子里劈柴，后来我实在拿不动斧头了，又开始大叫"砍死二伯"。

我记得很清楚，那天大雪纷飞，父亲的鼻子上全是雪花，他问我在叫什么，我又大声叫"砍死二伯"，他听了，就默默哭了。这是他唯一一次在我面前哭。直到现在，我也没问过他为什么哭，不必问。

后来父亲去城里建筑工地提泥灰，挣了些钱回来，又把我送进了学校，他说我是块读书的料子，不读可惜了。其实，在我辍学之前，我考试很少及格，为了躲过他的鞭子，我还经常改成绩单，而且屡屡得手，我也很得意。

只有一次，老师用的蓝黑墨水，我没有蓝黑墨水，只好用蓝墨水，把39改成89的时候露馅了，父亲把我从前的成绩单找出来，用他的鞭子给我算了一次总账。可他为啥认为这样的我是一块读书的料子呢？

奇怪的是自他认为我是一块读书的料子之后，我就真成了读书的料子。后来我成了学校里唯一考上重点高中的孩子，因为考进前五十名，还免了一学期学费。但奶奶还是极力阻止我读书，她重男轻女，认为女孩子读书都是便宜婆家。父亲是个孝子，从来没有顶撞过奶奶，只有那一次他没有听奶奶的话，他在奶奶的床前跪了整整一夜，也换来我读书的机会。

我的高中离家有十八里山路，父亲送我去高中报名那天，我穿着妈妈给我做的白色连衣裙。半路上，我来月经了，那是我第一次来月经，我没发现自己的裙子已经脏了。父亲在路边一个村子里的小卖部给我买了一包卫生

摄影:林东林

巾，还把他的白衬衣脱给我，让我去厕所换上，他把我的裙子拿到池塘里洗掉了那点血污，在夏天的路上走一会儿又很快干了。

到了学校，我们又热又渴又饿，父亲在校门口小吃店炒了一碗宽粉，3元。我们共着吃了那碗粉，那是我第一次知道世上还有一种叫"粉"的食物，它是米做的，长得像面条又不是面条，油光水滑的，非常好吃。小店老板是个好人，他见我们共着吃一碗，分量给得就特别足，还给我们添了两碗绿豆汤，没要钱。他递给父亲一根烟，说，"你家丫头有出息了，来这里就等于一只脚已经踏进大学门了。"父亲，接过他的烟，嘿嘿地笑着……

那年，我16岁。

三

高中，每个月放一次假，村里有一辆进城的巴士会路过学校，车费3元。我其实还是有3元零花钱的，但是我觉得那3元钱拿来坐车不划算，我像父亲一样买了一碗粉带回家，想让弟弟妹妹也尝尝。

我下午5点放学，连走带跑赶回家需要一个半小时，冬天到家经常是天黑了，母亲和家里那只大黄狗会在村子外山坡上等我。有时候，大黄狗会跑来在半路接我，和我一起回家。

在家休息一天就要返校。早上8点之前必须赶到教室，我总是凌晨4点就起床收拾准备早饭，5点左右出门，天还不亮。父亲给我准备了火把，火把是用桐油泡过的，大风吹不灭。这种火把，我从小学一直用到高中，既经济实惠还比电筒好用，若是在山里遇见野猪豺狗，有火就没事。

那时，山里人纯朴，大姑娘走夜路也不会失联。

但父亲失联了，他在城里找了一份体面的工作，和一个19岁的女孩子（当时比我大两岁）生活在一起，他不回家了。

母亲兴许是太懦弱，太传统，或者是怕父亲不再供我们读书，她一直忍气吞声，只是夜半三更我也会听见她在被子里抽泣。

我听妹妹说父亲唯一回家一次还带着那个女孩子，像是来家里游山玩水，母亲像用人一样伺候他们。我实在气不过，当天赶到城里去找他们算账。父亲不在，我狠狠修理那个女人一顿，因为我从小就爱打架，加上一直跑步上学，风吹雨打，身体格外结实。那个女孩子虽然个子比我大，但根本来不及还手，就被我打得头破血流。父亲回来时候操起凳子砸我，直到现在我眼睛边还有一道疤痕。

从那天开始，我已经对父亲深恶痛绝，甚至是憎恨。高中毕业，我考上武汉理工大学，无论母亲如何哀求，他也不肯供我上大学，但值得欣慰的是他还供弟弟妹妹。我又辍学了，我去打工挣钱，第二年又参加了高考，带着自己的工资去重庆读书。这一次我选择离开武汉，是不想狭路相逢，冤家路窄，碰见他。

自那以后，父亲就没机会抽我了，他的鞭子也退出了我的生活。但我常常自虐到欠抽，尤其是在我做错事，爱错人时，永远有一条隐形的鞭子在将我抽打，只是鞭子已经不在父亲手里了。

四

我大学毕业那年，被保送到复旦读研，但是父亲中风了，眼睛瞎了。那个和他一起生活的女孩子也跟人跑了，妹妹又考上了华科，父亲已经没能力供妹妹和弟弟读书。母亲把他接回家里，悉心照料着。我那时候对母亲真的无法理解，真是"哀其不幸怒其不争"。

我放弃了读研，去武船上班，供妹妹弟弟上学，微薄的工资总是让我感觉力不从心，透不过气来，中间谈了一次对象，也因为对方父母知道我的家境而被棒打鸳鸯。

生活越是艰难，我越是憎恨父亲。那时候，母亲还要我带他去医院看病，我恨不得他马上死，可我还是在母亲的眼泪面前屈服了。

后来有一天，父亲从弟弟口中知道我放弃读研，知道我因家境不好被拒婚。他当天晚上，摸黑把我买给他的衣服烧了（家乡风俗，人死了都要把衣服烧掉），又去把母亲白天在玉米地里用剩下的半瓶农药喝了。幸亏母亲睡觉总是很轻，她及时发现，在村里人帮助下，及时送到医院洗胃才活过来。

母亲问他为什么想不开，他说他对不起这个家，对不起母亲，也对不起我，中风瞎了都是报应，他不愿意拖累我。

我曾经那么盼望他快点死，可他真的走出那一步，我才发现我根本接受不了，我想起他和我一起在田间劳作的日子，想起我的第一包卫生巾是他给我买的，想起他和我共着吃一碗米粉，想起放寒假的时候，他去学校接我，穿着军大衣戴着雷锋帽，拿着一根扁担一根绳子挑我的行李，在大雪纷飞的夜里走在我前面，叫我跟紧点，踩着他的脚印走……

想着想着，我在医院里嚎啕大哭，仿佛他真的死了。

我不能说我选择了原谅，我没资格原谅他，没有他就没有我，他生了我养了我，养到我18岁，他已经尽了一个父亲的职责。

我必须养他，必须代替他养家。

这些年，我看过很多电影，印象最深是一部日本老电影《砂器》。影片讲的是战后日本一对失去土地的父子，四处流浪。在大雨滂沱中赶路，在大雪天乞讨，在崎岖山路上跋涉。有一次儿子被富家子弟殴打，父亲拼命用瘦小的身躯挡住拳头和棍棒，滚落到水沟里。还有一次，下大雪，父亲讨来一碗粥让儿子喝，儿子让他先喝，两人推来推去烫到了嘴，痛得原地大跳，却又相拥着哈哈大笑……这个温暖的镜头让我哭了。

这个电影让我相信这个世上无论我们的父亲多么贫穷，多么粗鲁，即使他们为生活所困，面色无光，有些不大不小的疾病，甚至没有像样的感情生活，有些甚至很猥琐。可是他们爱着自己的孩子，像愚蠢而勇敢的工蚁，不落下任何一项工作。

笔记

　　东湖之野，野在人迹罕至。碧
波一如往昔荡漾在时光深处，但现
在的东湖早已不再是"世界的尽
头"了，游人如织的湖畔，翠柳像
门帘般昼夜晃动不止。

　　　　　　　　　——张执浩

碧波与哀愁

□ 张执浩

　　元宝山和马房山之间当年是一片农田。我喜欢在莺飞草长的季节带着女友去那一带转悠。巴茅深深，蚊虫嘤嘤，田埂一笔一画，走过了，再度回望时，内心里总有一种莫名的情愫在涌动，感觉仿佛是被神握着手临帖，而那些稻田不过是一方方古砚。每走一段路，身后的她就会那么"喂"一下，我就明白她是要求我停下，以便帮助我摘去那些粘在裤腿上的恼人的苍耳。农事的气味其实是一种非常祥和的气味，阳光照在粪堆上，也照耀着芝麻花，举眼四顾，葱郁的葱郁，凋敝的凋敝，惟有南湖像一面镜子，被人扔在了野坡外，自顾自地反射着白云蓝天。我们就这样漫无边际地走着，有一回，她提议沿湖岸一直往下走，看看能否走到东湖去。自然是不可能的，我在心里嘀咕了一声，其实我何尝不知道这个提议的真正动机。

　　南湖和东湖之间隔着团校、供销学校、华师和武测，以及若干处叫不出名字的单位与民居，抄小路走，顺大路走，绕来绕去，最终不过是从一汪水泊到另外一汪水泊。我们行走在影影幢幢的楼巷和树阴里，一走就是几年。多年过去了，只要一想到那些个无休无止的白天和夜晚，就有一缕缕湖风迎面而来，带着腥味，也带着上世纪80年代的闲散气息，怎么也挥之不去。

　　一生之中我有过两次水下历险的经历，一次是在少年时代我和伙伴们打赌，看谁能在水下憋气的时间更长，结果被水草缠住了脚踝，差点淹死；另外一次则发生在东湖的夏天，几个有"80年代情结"的骚人聚在一起喝了点酒，然后去东湖一边泛舟一边继续喝酒，有个家伙趁我不注意把我推下了船舷。我是手拎酒瓶和衣栽进水里的，在一阵扑腾之后我举着瓶子浮出了水面，我决定往湖心深处游，他们大笑着划船跟在后面。我游到了公园外的铁栅栏附近，扔掉瓶子，一个猛子扎了下去。我打算从栅栏的下端钻过去，游进公园里面。我没有想到东湖底下有那么深的淤泥，更没有想到那道栅栏竟然插得那么深，我刨开淤泥，前半截身子钻过了栅栏的底部，后半截身体却被栅栏钩住了。我挣扎着，搅动起无数的泥浆，心想，这回，吾命休矣。也不知过了多久，突然感觉身体一轻，这才从水下漂了上来。及至浮出湖面半晌，我的心脏还在突突地跳⋯⋯死人的事情天天都在发生，只是因为年轻，你才会觉得死亡总遥不可及。荡漾的湖面，嬉闹的人群，在风中摇来摆去的柳枝，当我精疲力竭地爬到岸边的石阶上坐下，看着鞋帮里面塞满的泥浆，才明白碧波荡漾的水面之下沉埋着多少难言之隐。

"一围眼浪六十里，几队寒鸦千百雏。野木迢迢遮去雁，渔舟点点映飞乌。"这是南宋诗人袁说有描绘东湖的诗句。有趣的是，在这个互联网发达的时代，无论你在网上怎么搜索关于东湖的诗句、关于袁说有其人，都找不出另外的更多的词条来。前段时间，因为要编辑一些历代文人咏武汉的诗稿，我查阅了很多资料，发现当今世人眼中美丽无比的东湖，居然从来不曾进入过那些文人骚客们的视野。"日暮乡关何处是，烟波江上使人愁。"这是崔颢和他笔下的黄鹤楼；"孤帆远影碧空尽，唯见长江天际流。"这是李白登上了黄鹤楼⋯⋯究竟有多少文人雅士曾辗转盘桓江城，他们无一例外地在黄鹤楼上四下眺望，留下了墨宝，却终不肯把目光投向这边——这边是林木葱郁、群山环抱的东湖，那么遥远，仿佛世界的尽头。但我仍不甘心，就打电话向词学专家、武汉大学的王兆鹏教授求助，他说他也留意过这事儿，翻遍史籍只找到过几首写"东湖"的诗词，但无法考证此"东湖"就是彼"东湖"。随后，他传来了刘威（唐代）的《游东湖黄处士园林》："偶向东湖更向东，数声鸡犬翠微中。遥知杨柳是门处，似隔芙蓉无路通。樵客出来山带雨，渔舟过去水生风。物情多与闲相称，所恨求安计不同。"还有，刘长卿（唐代）《东湖送朱逸人归》："山色湖光并在东，扁舟归去有樵风。莫道野人无外事，开田凿井白云中。"以及李群玉（唐代）的《东湖二首》等。我反复读了几遍，也陷入了一样的困惑里。

东湖之野，野在人迹罕至。碧波一如往昔荡漾在时光深处，但现在的东湖早已不再是"世界的尽头"了，游人如织的湖畔，翠柳像门帘般昼夜晃动不止。但凡有外地客人来汉，东湖便成了首选的推荐去处。我们依然泛舟饮酒，但再也没有人像当年的我那样，和衣在湖心里畅游了。更多的时候，我们想着该为这样一座大湖做点什么，不然，千年过后还会有如我一般的后来者，望着碧波，却怀想不起先人的面貌来。什么呢？槐树说，写诗吧，老张，就在崔颢李白他们留下的空白处写。

撮影：川　上

老拍的言说

□ 黄　斌

孤寂的现代性

　　孤寂是个被现代人体验滥了的词。现代哲学的两位先驱——克尔凯郭尔和尼采，都向世人展示过他们的孤寂。克氏的孤寂，"像是一棵孤立的枞树，独立地自我锁闭，指向天空某处"。他还说，"我站立于此，不投一丝阴影，只有斑鸠在我的枝条上筑巢"。尼采的孤寂，恰巧也像一棵枞树，并且这枞树是植于绝壁上的，他说："孤寂！有谁敢于来此做一个访客？或许只有老鹰在它枝条上满足地啸叫……"这是我看到的最早的有关现代人对孤寂的言说。我一直有点武断的认为，现代人的孤寂和前资本主义时代的孤寂体验是根本不同的，它深深地植根于资本的运动历程之中，像传染病那样生成、流行，是资本的衍生物。蒙克有幅《呐喊》，画上那个面目全非的个人在身后流变的背景中喊出的，就像是孤寂的声音和这个时代的病态。

　　我不知道到底有多少原因带来了现代人的孤寂，事实是，孤寂越来越多地被人体验到。怎样对待这个说不清什么时候突然而来的访客呢？它给日常生活带来了什么？我们的生命在多大程度上被它改变？

　　恰如雅斯贝尔斯感叹第一次世界大战带来的灾变那样，"那种纯朴而又富于崇高精神的天堂般的生活再也不能回来了。"我们或许就此患上了怀乡病，只能凭借一些痕迹偶尔怀怀旧，更多的精力则必须对付这个时代带给我们的所有，比如孤寂。

　　在克尔凯郭尔和尼采对孤寂的言说中，我们看到的孤寂是两个相似的生态隐喻——一棵枞树。它有出现的背景、姿态和作为。克氏的背景是"孤立"或者说空白，尼采的则植根于绝壁，绝壁也是空无和危险的象征物；克氏的姿态是独立、闭锁，尼采的是在绝壁上的某种倾斜；克氏的作为是不投一丝阴影，并且指向天空的某处，尼采的则是立于绝壁对深渊的悬视。另外，还出现了一种交往物，在尼采那里是"或许只有苍鹰"，在克氏那里是"只有斑鸠"。可以说这两个隐喻为我们描述了两个基本相似的"孤寂世界"。

从中，我们看到的孤寂是个空间被限制的定格，它限定在那里，基本上是独立不依的，是一种坚持，从尼采"有谁敢于此做一个访客"的话中还透出某种勇气和傲慢。它的背景显示的是处于极限或极限的边缘状态；它的姿态则呼应着那种坚持、坚定或执拗；它的作为即表达出这种坚持的目的，克氏的"不投一丝阴影"和"指向天空某处"强烈地显示着这种倾向。可见，作为不是盲目的而是有选择的。同时，这个孤寂世界中仍然有交往行为，且这交往是唯一的。从它们的交往物中可以看出，这里有肯定和认同，也呼应了他们的勇气和傲气。

这似是纯粹个人化的体验，有很强的排他性，他们通过交往物而与其他人区别了开来，尼采的"有谁敢"的口气中，蕴蓄着巨大的个人力量。雅斯贝尔斯在比较克尔凯郭尔和尼采时说道："可怕的孤寂加上例外性，是他们两人的共同之点。克尔凯郭尔知道他不会有朋友。尼采在他完全的自觉中，忍受他自己日益加深的孤寂，直到他感到无法承受的程度。"可见，他们的孤寂和例外性是同一的。

克尔凯郭尔和尼采如此执拗地坚持着承受这种孤寂，一个指向天空，展现崇高的力量，如对天堂的向往；一个俯视深渊，像一个孤独英雄，要战胜地狱中所有的亡灵。

和上帝同在的日子绝对是幸福的。可惜的是，资本杀死了上帝。我想，如果没有尼采这么丰富的孤寂体验，他是不会喊出上帝之死的。在汉语中，孤，《说文》训为无父；寂，训为无人声。资本弑父，个人孤寂。

静止的伟大接近于永恒

万物皆流，无物常在。但静止的伟大接近于永恒。

柏拉图本身是个诗人，他的诗艺在当时绝对一流；可是他更是一个一流的智者，所以在理想国中，他必须驱逐诗人，因为在他看来诗是易碎品，迷醉于感性的翻来覆去，太过多变了，而理性的特征就是不变。不变，才是一种更持久的品质。比他更早的巴门尼德也是个优秀的诗人，他歌颂静止，存在是多么伟大的静止呀，存在的东西永远存在，不存在的东西永远也不存在。我好像听到他高亢的声音，这声音如黄钟大吕，是人类高音的极限。

老子也是诗人，洋洋五千言求道之永恒；西出函谷，成为绝响。

智慧要求的是静止。可是万物皆流无物常在，没有什么是不能动的。

也只有在运动是不可避免的情况下，静止才显得有意义。可这些言说显得极无意义，对说不清的事情，最好的方式就是尊敬并保持沉默。

而沉默也是在静止的层面上，和永恒开始有了沟通。

对静止的言说虚幻如梦，因为世界永不静止，而我们的内心，需要有静止来守住点什么。虽然言说不会抵达什么也不会获得什么，但是，言说静止是件有意义的事，在这个层面上，静止的伟大接近于永恒。

他们之后，形式的诗便沉沦了

老子和巴门尼德都是哲学家，同时也是诗人，他们之所以如此相似，我想可能是因为，只有诗歌才能表达那本不可命名的最高之物——道或者存在。

他们之后，形式的诗便沉沦了，没有了勇于命名的承担和对最高、最神圣之物的追问。那些诗歌都是诗歌的，太诗歌的。就是说，那些形式的诗失去了原初的动力。很多诗人都忘了，在古典诗歌发展到老子和巴门尼德的时候，还有这样充沛的精神推动，那是人类精神的最高形态，是一种大美。希腊诗哲璀璨若星空，可后世诗人极少提及，这和哲学正好相反。

为什么后人接不过他们传递下来的火炬呢？闭口不提的后果其实只有一个，那就是另一种可能的生活的失传。

海德格尔可能注意到了文明的这种缺失。他也许是在问：我作为一个有限的存在者，我可以体验到像希腊的那种惊奇吗？我可以在哪些踪迹上重构一种生活——那种本己的生活吗？我可以学会那种失传已久的思想吗？并在这种思想中体验到被遗忘已久的存在吗？

海德格尔的眼睛注视着在时间序列中展开的个人，经由荷尔德林和里尔克，他也成了诗人，并在哲学中反复吟唱。

此诗非彼诗。

有趣的是，诗学日益成为一种审美的技艺，它关注如何做，却遗忘了为何要做。诗是做得越来越风格化，越来越漂亮精致，并使人沉溺于这些美的或者丑的幻象，但是却把使诗成为诗的推动抽离掉了。

在老子那里是形式的诗歌，到了庄子，成了散文的诗，因为读罢庄子，可以忘其文，却不能忘其境。文字和形式只是庄子的质料，他把阅读后的效果永久地留在了人的心里，所以，庄子应该说是内心的诗。

而巴门尼德不一样，他一手就抓住了永恒。在巴门尼德那里，分裂是不存在的，抽象和具象是绝对统一的，他以巨大的勇气坚守着同一，始终不迈出那分裂的一步。也许正是那一步诱惑太大，后人一步就走了出去。

所以，我觉得老庄和巴门尼德应该算是最伟大的诗人，因为古典诗歌在他们那里达到了极限，是诗歌的世界纪录，而且后人不仅不曾打破，甚至没有几个人想到过去打破它。

醉倒在日常生活之中

陶潜好酒，少饮辄醉，只要有人相邀，必大醉而归。那种快乐，读读《饮酒》就知道了——悠悠迷所留，酒中有深味。

杜甫落魄江湖载酒行，穷酸的士人，行处除了酒债，他还会欠下别人什么呢？喝酒在日常生活中是一种奢侈，因为饮酒，使日常得以超越。李白喝酒最有名也最浪漫，我经常有一个错觉，看到月光，就想到是李白喝过的酒，在那里自由倾泄。李白喝酒喝到了天人之际，够酷。

像李白那样独酌的男人不在少数，但是在独酌的行为中，能达到李白的境界的男人就少了。不过效果可能差不太多，那就是醉倒。

一个醉倒的男人是个孤独的男人，但也是个不屈的男人，就像李白。

尼采在酒中看到个人解放的路途，那境界也高。不过作为中国人，总觉得有些不对胃口，好像把一件相对快乐的事情变成了一件压力很大的事情。中国男人喝酒，最少在喝这个行为上是有趣的，在没有别的事情可做的时候，喝喝酒多少可以释怀。尼采看来注意的是醉倒后的可能性。

我没有看到庄子喝酒的纪录，很是觉得遗憾，直觉庄子应该是喝酒的，没有庄子的精神，哪里会产生刘伶的《酒德颂》呢？但可能正因为没有庄子的样版，后人喝酒，也就到陶潜和李白为止了。

酒是这样一种液体，它脱胎于粮食，又超越了粮食的形骸，使粮食呈现出另外一种样式的存在，就像精神舍弃了肉体。

所以，精神之于肉体，也是有度数的。在这一点上，尼采的感觉和中国人一致——酒近乎神。

粮食之所以能变成酒，需要时间和酿造的技艺。那能使粮食变化的酒曲，就是我们日常生活的艺术的浓缩。

作为男人，通过酒应该可以看出一斑，要么像魏武帝成一代枭雄，要么醉倒于日常生活之中，成为一个孤独的诗人。

店

撮影：川

个人的历史

卢梭说过，人生而自由，却无往不在枷锁之中。这些枷锁，有太多的制造商。在日常生活中，个人屈从于明天，屈从于组织，屈从于规范；在历史上，个人屈从于氏族、社会、国家、宗教，当然，屈从经常是以理想和解放的名义得以实现的，但是，卢梭仍然正确，因为屈从再多，都不能完全颠覆人的天赋自由。

个人，不是在逻辑起点的意义上而是在实在的被给定的个体生命的意义上，他的自由是一种天命。

但是，个人是如何可能的？记得张志扬先生提出过"个人的真实性及其限度"的问题，这是个什么问题？

个人都是真实的存在，但未必都是真实性的存在。这很好解释，真实的是生命个体的存在和"我思"，不真实的是个人在社会中屈从。所以，限度在哪里？所谓限度，亦即是说个人在真实性的意义上，其生存的可能性的空间到底有多大。

在我上面的解释中，"我思"也颇值得怀疑，因为这个"我思"很有可能是匿名的"他思"。

所以，个人是如何可能的？

当我在这里把因果性的锁链当做工具，来用语言寻找个人时，这种努力显得很无力。在我的一首诗中，我写道：一个人在一生中有几个瞬间是属于自己的，并从不把自己屈从于未来？这可能吗？

对不可避免的事物，惟一可行的就是承担。

因为只有在承担的时候，什么是屈从才可能被体验。

这里我突然想到庄子的"真人"，可惜这个"真人"在其后的历史中只能在道教和禅宗中才能被指认，远不如庄子对"真人"的言说——那个真正自由逍遥的个人。

在我思的层面，笛卡尔让主体摆脱了宗教，出现了我。有了我思，我才在。个人在西方是这样出现的，由服从上帝到服从理性。

个人在中国一直都有。有我——我欲仁，斯仁至矣；有吾——吾养吾浩然之气；有朕——朕富有四海。中国是个人上下服从的秩序。

这就是个人屈从的历史。

有关生命的三个意象

我的青少年时期基本上是在奔跑中度过的，在奔跑中上学，啃着二两一个的大馒头赶学校的早自习；在奔跑中赶上大学的火车，在拥挤的人群中挤进绿色的车厢；在奔跑中游戏，汗湿全身也无所谓。奔跑，构成了我对于这个时期的总体印象。

那种奔跑，也适合用来解释当时的境况，在奔跑中学习，获得所谓的知识和社会规范，在奔跑中不知不觉长大，长出喉结、变声，莫名地产生渴望想遇见一个同班的少女。就像春天，一切都显得那么迫不及待。

奔跑是美丽的，美得有些盲目，但是自然、充实、紧张、有力量。现在看来，成长是一种多么快速的审美，是速度的美，它让成长就这样停不下来。

将近中年的时候，有一天，突然感到在走路的时候吃力了起来，再也难以走快，才发现自己再也赶不上以前的节拍，已无力像以前那样一往无前，不得已只好放慢脚步。脚步慢了，心境也相应开始变得平稳了起来。原来生命都是有阶段的，这样我知道自己只好进入另一个意象——散步。

关于世界，关于社会，关于知识，我到底能了解多少呢？读书的时候，时有所获，可三天不接着读，就忘得一干二净，原来这些都是很次要的事情呀；难怪黄庭坚三天不读书，就觉得自己俗气逼人。这才发现真正重要的不是别的，是生命现象自身的规定性。你不能获得的将不可能获得。

还有爱情。青少年时期的如梦如幻如痴如醉，中年却品来如酒，入口如茶，以前强烈如火焰、缥缈似轻烟的感觉，现在却平静如液态的东西，偶尔晃动，终于不动。

日子就这样在散步中一天一天过去了。散步久了，才觉得这种步履可能最适合双腿。因之，我也日益喜欢上了散步，散步比之别的，更适合个人，散步是自足的。

到了老年呢？我不知道自己是个什么样子，也许老年大多在椅子上度过，甚或在床上，那么老年可能就是枯坐了。

如果是枯坐，那就不用怎么动了，偶尔动动，也只是补足一下枯坐的无趣。

不过枯坐很哲学，形骸已经不重要了。枯坐虽枯，但坐着坐着，很可能出神。

枯坐是一种内在的力量。万物静观，红尘渐远，生命式微，没有什么是可以动心的了。

王维说过，晚来惟好静，万事不关心。就是这不关心，让生命自己把自己收回。

中国人的生死观，活要有房，
死要有坟。苦苦挣扎的，不过是这
两端之间漫长的岁月。悲哀的是，
如外婆这样的女子，在那激荡岁月
中，让她不离不弃、不忍割舍的，
还是一群嗷嗷待哺的孩子。再无其
他。

——小　引

明月夜，短松冈

□ 小 引

1

　　前几日春暖，樱花正好开放。黄昏时回母亲家吃饭，看见楼下两株樱树开得灿烂，繁花胜雪，什么都不顾的样子。母亲在家整理书柜，翻出好大几本相册，摊开了，竟有数百张老照片，把靠窗的八仙桌铺了满满一层。我凑过去陪着一起看，大多是她和父亲及朋友、同学年轻时的留影，五六寸见方，边缘剪成波浪。许多照片上有落款，几年几月之类，斜斜地印在角落上。四季变化，风物流转，我顺着母亲的手指翻阅那些记忆，背景多是些回字形的教学楼、宽敞的操场以及长江大桥，一些陌生的青年人或单独，或成群，白色跟灰色的衬衫，深色长裤。那时的天空跟现在不一样，我这么想，但不一样在哪里，其实我也不知道。母亲说："这几个是我的同学。"又指着父亲的照片说："你看，你跟你爸爸年轻时像得很呢！"

　　这些老照片，我很小的时候翻箱倒柜就见过。从父母合影的衣着来看，依稀可以判断出他们相恋的时间。再后来，照片中有了我的加入，骑在东湖公园的石头大象上朝远处张望，"七岁吧？"我问母亲，"弟弟三四岁的样子。"黑白照片里的我穿着灯芯绒上衣，胳膊上挂着菱形袖标，行吟阁在旁边露出一角飞檐，弟弟在背后的草地上玩着自己的手指头。

　　那天，母亲从最小的一个红色相册中翻出几张照片。上面是两个少女依偎在一起，没有落款，也没有时间。从背景的帷幕推测，应该是在照相馆中拍摄的。照片右边是我的外婆，左边是她的表姐，两人都剪着一头短发，是上世纪三十年代进步女青年才有的短发，半截刘海散在额前，俏皮又轻松。灰色的开襟褂袄，脖子上挂着银项圈，想是常德当时当地的风俗。"你外婆小时候去读过常德县女中，写一手漂亮的钢笔字。民国那阵子，外公还在常德开了一个很大的布庄。"母亲说。夕阳正好，白云轻浮，高楼大厦间有淡淡的红光洒进房间，母亲坐在窗户边，看上去，就像照片中的那个民国姑娘。

                              2

　　应该是一百年前的事情了。常德还是湘西门户上最大的一个码头。沈从文在《常德的船》中有过一段精彩的描述："桐油、木料、牛皮、猪肠子和猪鬃毛，烟草和水银，五倍子和鸦片烟，由川东、黔东、湘西各地用各色各样的船只装载到来，这些东西全得由这里转口，再运往长沙武汉的。子盐、花纱、布匹、洋货……又由下江轮驳运到，也得从这里改装……"母亲告诉我，外公的父亲也就是太公，在下南门的正十字路口开了一间绸布店，名叫安昌布庄，后来又改名叫协昌绸布店，是当时常德城中数一数二的大商户。她依稀记得，有五六开的大门面，门板全用上好的松木打成，刷了厚厚的桐油，阴雨天，门板立在一旁，黑猫黄狗跑来跑去，会有捉摸不透的香味一丝丝散开。屋子上下两层，前后三进，路口是四通八达的石板路，可以直抵麻阳街边的船码头。

　　外公的父亲老家是江西，母亲说。我查阅了一些资料，的确有来自《明史》和《明太祖实录》关于江西移民的佐证。洪武卅年，朱元璋曾经迁江西移民六十五万六千人分别到长沙府常德等十县和郴州、辰州等地。而这批移民，大都来自一个叫瓦屑坝的地方，模糊的地点应该是坐落在古邑大县鄱阳城西约十公里的莲湖乡瓦燮岭一带。相传，那里曾经豪门望族聚居，朱元璋与陈友谅在此大战过一场。流传的姓氏有：朱、陈、张、孟、梁、董、彭、何、姜……

　　五六岁时，母亲带我去常德住过很长一段时间。在我破碎的儿时记忆中，那里已经没有高大宽敞的布店门脸了。外婆搬去小西门一间木板房住，只记得歪斜的石板路和对着门口的一条小巷，因为家家都用井水洗衣淘米，石板路永远是湿漉漉的。外婆住在一楼狭小的偏室中，暗淡的孤灯挂在屋子中间，摆上床和柜子，几乎没有更多的空间。黄昏时云层很低，常德很安静，外婆喜欢抱着我坐在火盆边的小板凳上唱歌。外面是一点点暗下来的走道，木楼梯传来楼上人家走来走去的声音，外婆总是在我耳边唱："背坨坨，讨茶喝，茶茶冷了，伢伢不喝。"

家族记忆（之一）

3

　　民国五年，也就是一九一六年，外婆出生在常德。她家祖上历代在清廷任职，算是大家闺秀了。那一年，蔡锷领护国军出击四川，反袁浪潮下，中国大地烽烟四起，各地纷纷宣布独立。常德偏居湘西，似乎并未受到冲击，安昌布庄依旧生意红火。布庄的经营方针主要是从洪江购买桐油、木材到常德，再经洞庭湖，入长江，抵达上海。同时从下游转运布匹、棉纱等物资返程，再入湘西销售。

　　外公比外婆早一年出生，独子，生母是太公去洪江办货时带回来的一个丫鬟，据说是土家族，麻阳人，生了我的外公后，染疾病故。正房周氏无子嗣，外公就由她抚养成人。

　　一九三三年初，门当户对的外公外婆由他们的父母在麻将桌上决定了终身大事。日寇侵占山海关时，外公和外婆在常德成婚，开始主掌安昌。其时，江南一带民生尚属安稳，延续上辈的经营理念，外公的布庄生意日益扩张，旋即还开了一家棉纱店、一家钱庄。夫妻俩在常德城进出成双，俊男靓女，传为佳话。

十年一转眼，日寇进犯中原时，外婆已经生下了五个孩子。一九四三年常德会战，孙连仲将军率六、九战区二十余万官兵迎敌，判断出日军主攻目标是常德。县城周边气氛瞬间紧张，外婆带着五个孩子星夜出城，辗转数百里去资水上游山区避难。母亲告诉我，那一夜，外婆怀着六姨，硬生生走了数十里地。祖奶奶随行，请了两个民夫，一个背行李，一个挑孩子，我母亲坐前面，五舅坐后面，用灰布把前后的箩筐一围，在日军不间断的轰炸中，荒山野岭逃到了安化。

很多年后我弟弟出生在武昌，正值"文革"，外婆从常德赶来照顾母亲。孑然一人，出临澧，过石门，到武昌，竟然背来一个桐油木脚盆和产妇用的马桶。我现在还记得外婆穿着一件黑棉袄站在医院门口，斑白的头发在风雪中颤抖的样子。

那一年，武汉下了好大的雪，长江两岸，白茫茫一片。

4

战争是什么？没有经历残垣断壁、见过横尸荒野的我，实在无法言说。但从长辈们饭后的闲谈中，我略微知道了点外公后来的境遇。

抗战全面爆发后，布庄的生意日渐萧条。上海会战期间，外公有两艘装满物资的运货船，在长江中被日军击沉，物资不算，随行的伙计无一生还，损失惨重。转过年来就是常德会战，常德遭日军占领，虽只短短六天，但整个城区一片焦土，沿麻阳街，下南门一线，尽毁于火灾。

太公和外公一生的心血就此尽墨。当时外婆在安化避难，外公辗转于常德城区，依仗留存的金银，日夜出入酒肆歌坊。战火纷飞，朝难保夕，江湖上多是飘零逃亡的烽烟中人。有刘姓江苏来客，在高山巷附近开了一个餐厅，家中三女，善评弹歌赋，容颜秀美，一时无双。外公仿佛一个溺水的人摸到了潜流翻卷出的稻草，和刘家的大女儿暗生情愫，住在了一起。

外婆对此一无所知。当她带着孩子们回到常德时，按当时的习俗，似乎只能默认。从此，外公有了两个家。

一九四四年春，外公卖了远郊黄土店一带的地产，重新在新街口的老宅地上修建了一幢二层砖瓦小楼，外婆带着母亲和其他孩子就住在那里。去年春天，我去过一次常德。从笔架城往回走，大概两三里地的位置，如今已经

家族记忆（之二）

战火中的故乡

成了高大的住宅小区，不复当年。

母亲说，外公在刘家那边也育有儿女，所以时常要过去，外婆在这边拉扯着孩子们靠出租房维持生计。"有一个国民党暂编师的师长带着太太来租过房子，"母亲告诉我，"他还有一个带驳壳枪的传令兵呢！"

那已经是临近秋天的时候了，沅水正在涨潮。宋希濂在湘西组织了五个暂编师，其中以汪援华为师长的暂五师就驻扎在常德，负责城区防务。

新街口的房子是常德少有的西式洋房。家门口有个小花园，中间一条石板路，左边种了两株梅花，右边种了几株桃花。

5

战争转眼又到了。

这一次，是国共双方在澧县、石门、常德一带拼命厮杀。外婆无奈之下，再一次带着母亲等几个孩子弃城出走。

新街口的房子无法继续住下去了。后来，一次春节的家庭聚会中大舅告诉我，当时他已经十多岁了，在绸布店当学徒。每天黄昏，新街口的家门前

家族记忆（之三）

有一个年轻人拉手风琴兼带卖陈皮糖。他是外江人。大舅说，推着一辆破旧的自行车，没有人知道他从哪里来。"常德解放后，那个年轻人就再也没见过了，"大舅沉吟了一下又说，"我后来想，他可能是共产党的地下情报人员。"

一九四九年七月，常德易帜。外公因为家大口阔，不善经营，已经彻底破产。索性卖掉了新街口的小楼，获金十数两，在乔家巷重建了一幢两层楼的篱壁房。所谓篱壁房，就是用竹木条做底，再用泥沙、石灰抹成墙壁，白粉一刷，看不出底料，简易、便利，不牢固但也好看。

没过多久，外公因债务纠纷，又想卖掉乔家巷的新屋。外婆终于绝望，忍受不了外公的沉沦，愤然提出离婚。在新政府的主持下，两人终于分手。那一年，我的外婆刚刚三十四岁。新房最终以人民币一千三百元的价格出售。外公拿了三百还债，又拿了三百度日，剩下七百，外婆收了，一个书香门第出来的闺秀，独自担负起抚养孩子们的任务。

秋末，外婆带着孩子们搬到火场坪附近，租了一间十多平米的房子住，两张床，一张小床自己睡，一张大床孩子们睡。每天晚上，外婆在昏暗的灯光下数数，一、二、三……八个孩子一排睡在一起。

一日黄昏，第五个孩子去门口的废墟中玩耍，与隔壁家孩子争斗，被火钳打伤了脚踝，不想竟染上破伤风，不幸离世。

伤人的孩子家境亦贫困不堪，无力补偿。恸绝于心的外婆只好同意对方把家中仅有的一头猪出卖，做了我五舅的丧葬费。

6

中国人的生死观，活要有房，死要有坟。苦苦挣扎的，不过是这两端之间漫长的岁月。悲哀的是，如外婆这样的女子，在那激荡岁月中，让她不离不弃、不忍割舍的，还是一群嗷嗷待哺的孩子。再无其他。

外公因为债务要卖乔家巷的房子，外婆也曾抵死不从。现在想来，我能依稀察觉到外婆的愤怒和无奈。偌大中国，对每一个具体的生命而言，不过是一间陋室，一张草席，一盏孤灯。又或许，在外公心中，对那个为他生育了八个孩子的女人已经完全忽视了。否则他为什么……也可能并没有为什么吧，对于往事的猜测，犹如跌弹斑鸠，只能加深我越来越冰凉的无助感。

某日午后，外公喝了酒，沿高山巷寻回乔家巷。外婆正在门口招呼小鸡般四处乱跑的几个孩子。外公大步跨入内室，扬言再不卖房便要纵火烧房。

外婆眼看着他把几本残书扔进木桶点燃，无力阻挡，支撑了几十年的梁柱在那一瞬间轰然倒塌。左邻右舍连忙唤回尚在大乎布庄值守的大舅。十六岁的大舅赶回来，母亲坐在地上痛哭，屋内一片狼藉，大舅愤然和他的父亲在堂屋中打了一架。

房子终于卖了。这是外婆命中注定的磨难，还是战乱更迭的必然，谁也不知道。没过多少时日，外公一个朋友自称车老二，巧言哄骗，言借钱必高利返还，又从外婆拿到手的七百元钱中盘剥去了二百元，拿钱之后，音信杳无。

再没有比这更糟糕的情况了。我无法想象，外婆在那样的困境中如何度过一个个漫长又凄冷的夜晚。午夜梦回，我常常想外婆是否也会在半夜惊醒，点过孩子们的人头数后，她是否小心地侧耳倾听过，窗外无中生有的脚步声。

外婆去世前的前一年春节，散落全国的儿女们齐聚常德，留守常德的七舅一家照顾着年迈的她。那时的外婆，已经沉默寡言，见到我，只会反复摩挲我的肩膀，却说不出更多的话来。吃饭了，她只让七舅母盛上一小碗，独自坐在自己的床头慢慢咀嚼。房间越来越大，外婆却越来越小，或许外婆已经知道大限将至，她看多了人世间的生死背叛，那些惊涛骇浪的爱恨到了这里，已由无数的感叹变成了省略。

她把儿女们按月寄来的钱款放在一个小布袋中，每天挂在胸前。外婆不愿意自己死后连棺木都没有，也可能，她实在是不愿意麻烦自己的后辈了。那个布袋在她干瘪的胸前摇晃着，上面绣着两朵莲花，用细细的针线绞了金边，宛

133

若一个钟摆，嘀嗒嘀嗒嘀嗒，在午后的阳光下散发着暗淡的光芒。

那天中午，外婆在午睡，突然从床头坐起，母亲连忙趋前问候。外婆茫然地看了眼母亲，低声唤着外公的名字："绍初，绍初！你不理我了吗？"顿了一下她喃喃自语地说："不理我了。那算了咧！"

7

外婆在世的时候，我一直不敢问，她到底恨不恨外公。或许我真不能理解，那些风云际会的年代中转瞬即逝的恩怨情仇。外婆知书达理，写得一手好字，解放后，一直在当地居委会帮忙抄写文稿，此后再未婚嫁，直至驾鹤西去。她或许心中有无数的愤懑和不平，又或许还对未来的生活残存了星星点点的希望。这一点，从她坚持让母亲和六姨读书上大学，能够看到端倪。

二〇〇三年外婆去世时，我陪母亲回常德奔丧。最后看见的她，静静躺在黑色的棺椁内，消瘦，安宁。全国各地的孩儿们都回来了，外婆却再也没有睁开眼睛。烛光明亮，儿孙满堂，正值仲秋时节，外头一轮满月，晴空万里，哀婉的弦乐吹得常德满城俱静。

家族的血脉就这样一点一点传递下来了。母亲告诉我，在外婆的呵护下，大舅在解放后即参加了中共创办的"湖南省革命大学"学习，后分配至北京军委民航局。二舅因为小时候在协昌布店当过学徒，公私合营后，继续在国营布店工作。而三舅参军离家远行，母亲和六姨进了外婆的母校常德女中读书，七舅读了高中，上山下乡后入了汉剧团。五舅过世得早，八舅是个哑巴，在聋哑人机械厂，一九六四年秋天，不幸触电身亡。

外公呢？我问母亲。她摇了摇头，迟疑地说，可能，好像，是在砖瓦厂当工人吧……"文革"中，还有人贴过他的大字报。

白驹过隙，倥偬一生。活着的人，应该早一点知觉到飘萍之末的屑小与短暂。有些东西我说不出来，如流水，如落叶，如那天晚上沉沉黑夜中万家灯火的孤独。母亲坐在我对面，细细回忆一百年来的往事，我只能眼睁睁看着，那个相片中的民国姑娘，变成了现在一点点老去的她。

前年孟夏，和母亲一起去湖南五强溪电站处理工作，回程的路上，正好过长沙。母亲接到一个电话，放下手机她突然用常德话对我说："哎呀！你二舅过世了！我要回常德！"

说话间，天空暗了下来，四周都是油菜花。母亲突然泪流满面，我看着她的泪水流过下巴，她好像一点也没有觉察。

撮影：川　上

行走

　　傍晚时来到室韦，缓缓流过的蓝玻璃般的额尔古纳河左岸就是西伯利亚。

　　作为中俄两国的边界，这里的国境线除了有铁丝网，还有额尔古纳河——两国的真实边界是河流中线。缓缓落入俄罗斯境内的夕阳，洒在长长的国境线两侧，一边是碧绿草原上零星吃草的牛马，另一边是缓缓的草坡和一个俄罗斯小镇。

　　一排排大雁，飞过中国，飞入俄罗斯；一阵阵秋风，吹过俄罗斯，吹入中国。

　　　　　　　　　　——林东林

原上草

□ 林东林

1

一片被命名为"盛源·金水岸"的小高层楼盘，基本上已经完工，七八排矗立在河东岸的高楼林立间隔着，在夕阳的照耀下开始呈露出现代城市的气派。

在海拉尔河边，以及把目光移到周边簇新的建筑时所看到景象，让你很难解释从飞机上俯瞰这座城市时的那一幕：荒无人迹的草原逶迤铺展开，云朵在大地上遮出一个个黑斑，看不见城镇、公路和村庄，也看不见想象中的一排排蒙古包。

然而这两个景象却都是真实的海拉尔——现在它是呼伦贝尔市的一个区。

穿城而过的海拉尔河，远远望去是黑色的，因是枯水期，河道中偶尔裸露出河床。曾经长满河岸的野韭菜——在蒙语中海拉尔即为野韭菜之意，现已难觅踪影，替之以草丛、荆棘花和白桦树，透骨的秋风中有人在垂钓。这条发源于大兴安岭西侧吉勒老奇山西坡的河流，全长近一千五百公里，靠夏雨冬雪兼而补之。

沿着海拉尔河，找到了一处名为"菌香原"的餐馆，便宜而好吃的牛羊肉让我们大呼实惠。而更难得的，是吃到了当地种植的薄荷，略甜，也更有薄荷本味。

第二天一早，由海拉尔出发驱车前往阿尔山，中间路过巴彦呼硕草原。

青黄相接的草原从山基蔓延到山顶，缓缓上升成一座小山包，山顶是号称"天下第一"的敖包。"十五的月亮升上了天空哟，为什么旁边没有云彩……"据说，电影《草原上的人们》中流传近半个世纪的《敖包相会》就是从这里传唱出去的。

入乡随俗，我们也捡起石子，双手合十放在胸前，绕着敖包转了三圈。

神明无言，但风好像已洞悉心事，把五颜六色的彩条旗吹得哗啦啦响。顺

着招展的彩旗，当目光落在山坡的另一侧时，是一副灿烂得不像样子的草原秋景：山坡包围着草原，草原包围着黄绿相间的树林，树林簇拥着九曲回肠的伊敏河。

一只小松鼠在草坡上跑，在我将要追上时，它以迅疾之姿钻进了草皮下的洞中；而在草坡上拣虫子吃的那只鸟，却在我离得很近时还没有发现我的行踪。

从海拉尔到阿尔山，要花费一天时间。一路上风景随处，我们停停走走。

车窗外是广袤的草原，不时闪过星星点点的草垛子和大片的羊群和牛群，放牧人在一旁悠然地骑着马或摩托车。定居下来的牧民，都拥有属于自己的草场，在实现机械化后，已无需再人工割草打捆，一卷卷草垛子可以轻松被收割打包。

一户人家有上千只牛羊，真有钱，我们对着窗外感叹。司机宋师傅笑说，家财万贯，带毛的不算。草原上的人最怕两灾，终年无雪天干地旱的黑灾和一场大雪冻死牛羊的白灾。他的一个朋友，在去年的白灾中就冻死三四百只羊。冻死的羊没放血，真正的蒙古人是不吃的，羊皮也不容易扒下来，只能砍下四条腿。

2

早上有雨，从阿尔山出城后一路上淅淅沥沥，秋色也暗沉下来。这里地处大兴安岭西南山麓，山峦起伏，莽莽苍苍，层林尽染的秋树头顶着迟暮的灿烂。

女导游开玩笑说，内蒙古人民很不欢迎费翔。在1987年的春晚上，他唱了一首《冬天里的一把火》，结果大兴安岭着火了；第二年他唱了一首《三月里的小雨》，结果内蒙又发了大水。往事谐谑，众口附会腾传，也不失一种好玩。

不过真实的是，阿尔山的天气的确越来越不寻常。冬天最冷时，气温可达零下四十度；而到了夏天最热时，气温则能上升到四十二摄氏度，"就像下了火"。

路边，是缓缓流淌的哈拉哈河。作为中蒙两国的界河，哈拉哈河发源于阿尔山的摩天岭北坡，上游穿越火山熔岩地段，在茂密的林海中曲曲弯弯地一路向西，经过伊尔施镇流入蒙古国的贝尔湖，而后又折返回中国，最后流入呼伦湖中。

奔腾千里，九曲回肠，流经异国终回头。当地人说，这是一条爱国河。

爱国河的上游是阿尔山森林公园，沿着998级台阶而上，天池就坐落在山顶。四周是密密叠叠的落叶松和白桦林，一池秋水波平如镜，秋色倒映在湖中，美是当然的。但比美更令人以之为奇的，是这里的池水久旱不涸、久雨不溢。

(在路上　摄影：林东林)

　　雨水，在我们到达天池的那一刻落下来，水面上顿时泛起点点涟漪，油画一般的倒影混沌起来。很快雨就停了，天清气朗，映现出比刚才更清晰的池景。

　　哈拉哈火山群久远的喷发，冷却后给这里带来了天池、温泉和熔岩地貌。

　　下午去熔岩台地。一个最大的感慨是，每一处拍下来都是上好的风景，但是无论你拍多少张其实都是同一张，极致的灿烂和极致的重复，让我后来几乎不再打开镜头。白桦林中，有河水，有火山熔岩堆，千万年前那些高流动性的岩浆由一大群裂缝中渗透出，形成了眼前的景象——就像一盆岩浆泼洒在楼梯之间。

　　在阿尔山，美景遍地，让人置若罔闻。视若无睹的我不断想起路上碰见的那两只狐狸，它们好像就躲在林中，我去拍照，捡火山石，总担心它们会蹿出来。

　　前一天路过红花尔基辉河林场时，一只狐狸跑出树林，走在公路对侧定定地看着我们。扔给它一块面包，跑过来探着脑袋叼走了，吃完后它又跑过

140

来，另一只也从斜刺里跟着跑过来。它们几乎没有惧怕，也许是已经不怕人了，也许是饥饿感已经超过了惧怕。小引说，第一只狐狸是怀孕了的，走路时肚子拖着地。

3

记得有个笑话说，有人自驾来草原旅行，跟当地人问路，当地人指着草原说："沿着这条路一直开，开一天一夜之后再往右拐开一天半，就到目的地了！"

即使从小生活在平原地带，我也从来没见过草原这般壮阔无际的景象。

车在草原上奔驰，除了偶尔闪过的蒙古包、牛羊群、树林和河流，几乎再也看不到其他东西。你所能想象到的一切关于辽阔的词语，用在草原上都是恰当无误的，而这种辽阔会让你感到孤单和卑微，也可能会让你想成为一个主宰者。

成吉思汗，曾经就是这里的主宰者。作为乞颜部头领也苏该的后人，他打败了蔑儿乞人，打败了主儿乞人，打败了塔塔儿人，打败了泰赤兀人，打败了乃蛮人，打败了克烈人，打败了西辽国、花剌子模国和西夏国，一直打到多瑙河边。

从甘珠尔寺出来重新上路后，导游就开始播放起电视剧《成吉思汗》来。

于是在此后的几天里，同行的七个人且行且看——主要是两位女性成了成吉思汗和饰演者巴森的铁杆粉丝。或许和过于单调的封闭环境有关，后来我们都看起这部十三年前的电视剧，尽管拍得比较粗糙，情节简单，人物也过于脸谱化。

也速该、铁木真、脱朵、脱黑脱阿、也遂妃、塔里忽台，这些电视剧中的人名也被我们戏谑性地命名为彼此的绰号：英雄之名留给自己，坏蛋则安给对方。

五天后，在从根河返回海拉尔的路上，这部三十集电视剧终于播放完了。放完之后那一刻，车里的每个人都陷入了自己的世界，有人觉得终于放完可以安心睡觉了，有人仍旧沉浸到剧情中久久不能自拔，有人说回去了还可以找出50集的《忽必烈传奇》接着看。断断续续地看过几集，很多内容我都已经忘记了。

窗外的草原茫茫无际，风吹草地，牛羊还在，蒙古铁骑是早已不见了。

（根河：驯鹿部落 摄影：林乐林）

那位动不动就屠城的可汗如今被被家家户户挂在厅堂里，日日夜夜看着他八百年后的子民，那些先前逐水草而居的牧民们也停下了迁徙的步伐，被分片安置而居。

在信奉藏传佛教的甘珠尔寺（又名寿宁寺）里，我拍过一张坛城沙画的照片。

坛城沙画，藏语称为dul-tson-kyil-khor，意思是"彩粉之曼陀罗"，自两千五百多年前佛陀亲授弟子开始，这门精致的艺术修行就历代相承。象征本尊神及眷属众神聚居处的沙城，以从矿石中开采浸染、代表五方佛的五色沙粒为料，在数人艰辛而精细的堆砌和勾勒中完成，之后诵经护持，再毫不犹豫地毁灭掉。

繁华世界，不过一掬细沙。那位即使打到多瑙河边、占据了世界上最庞大国土的成吉思汗，盖世功业，千秋传颂，在佛家意义上也不过是在用流沙堆城。

一切坚固的都会烟消云散，在空荡荡的草原上，只有风吹过来又吹过去。

（阿尔山天池·摄影:林东林）

车尔尼雪夫斯基，陀思妥也夫斯基，十二月党人以及他们的妻子和情人们普希金、列宁、斯大林、捷尔任斯基、托洛茨基……这个名单可以开很长。

他们命运的共同点是都曾被流放西伯利亚——斯大林甚至被流放七次之多。三百多年来，作为千年苦寒之地，西伯利亚一直是沙俄和苏联流放罪犯的地方——仅从天气预报常见的"西伯利亚寒流"中你也应能感受到那里的气候。

傍晚时来到室韦，缓缓流过的蓝玻璃般的额尔古纳河左岸就是西伯利亚。

作为中俄两国的边界，这里的国境线除了有铁丝网，还有额尔古纳河——两国的真实边界是河流中线。缓缓落入俄罗斯境内的夕阳，洒在长长的国境线两侧，一边是碧绿草原上零星吃草的牛马，另一边是缓缓的草坡和一个俄罗斯小镇。

一排排大雁，飞过中国，飞入俄罗斯；一阵阵秋风，吹过俄罗斯，吹入中国。

我们沿着长长的国境线散步，在国境线、铁丝网和额尔古纳河的上空，是空空如也的蓝天。蓝天下的对岸，俄罗斯缓缓起伏的山坡上堆着零零星星的草垛子，那些被放逐的名字如牛似马，一个个闪隐其中。流放，将人置逐于最艰苦原始的环境中，使之在动物意义上挣扎生存，这实在是人类很"高明"的一种惩戒。

其实，流放并不仅限于对岸，中国的这一侧同样也有。史书上经常可看到，动辄有人被流放宁古塔或伊犁。宁古塔，这个满族的发源地、清皇族的老家，以寸草不生、五谷不长而知名，在清朝时一度也成为流放罪犯的主要场地之一。

边陲之地，季节和温度不成比例。深秋到了夜里就成了寒冬，冷彻身骨。

半夜来到天台上看星星。长居城市的我们，无论如何也想象不到天上竟然有那么多星星，小的挨着大的，暗的挨着明的，星星越看越多。我们架起三台相机，调成大光圈，用长时间曝光的方式拍出了天上的灿烂——头顶着那么多星星，才让我恍觉到脚下是踩着大地，而一闪而过的那个流星则让我想到头顶着太空。

对岸的俄罗斯小镇，零零星星地冒着几盏灯火，在暗夜冷风中不免寂寥。好在天上的星宿不分国界，那些被两个国家流放的人们现在应该能彼此为邻了。

次日一早是好天气，阳光普照，站在阳光之下才感觉到寒意从身上渐渐抽去。但是大地上的寒意仍在——客栈院子里的草丛上结满了厚厚的一层白霜，

（根河湿地 摄影:林东林）

(巴彦呼硕草原　摄影:林东林)

远处额尔古纳河河面上的融冰正升起白雾，而背阳的车窗上也开满了六角的冰凌花。

　　经过一个寒夜形成的冰凌花，在被阳光融化之前目送我们上车离开室韦。

5

　　如果不熟悉鹿，你很容易把驯鹿当成一个动名词，事实上它是一个鹿种。这种在中国只见于大兴安岭东北部林区的鹿，无论雌雄皆有角，且角的分枝繁复。作为鄂温克族人驯养的一个鹿种，它们曾经长期被用来作为交通工具。

　　在敖鲁古雅一个称为"中国最后的狩猎部落"的景区中，我们见到了这种鹿。

　　走进由落叶松和白桦树组成的高大金黄的树林中，风吹落一阵阵松针雨，透过枝叶的细密阳光洒在厚厚的松针上，驯鹿有的被放养，有的被关在铁丝栅栏中。温驯，这是对它们的第一印象，事实上它们也的确温驯，除非你摸它们的角。

景区入口处，摆着很多盛满石蕊的竹篮，十块钱一篮，可以买来喂鹿。喂了两只鹿，一只是栅栏里的鹿王，角枝巨大；另一只卧在路边，肚子上有一道伤口。

这些驯鹿，已经不再是真正意义上野生的驯鹿了。敖鲁古雅，这个鄂温克民族乡——事实上也是一个驯鹿景区——的行政区划混合着旅游产业。早在十三年，前世居山林的鄂温克驯鹿人就已经停止迁徙狩猎，被整体搬迁到了此处定居。

广阔的森林中，似乎不会再响起鄂温克人召唤驯鹿时敲响桦皮桶的声音。

十年前，东北女作家迟子建写过一部《额尔古纳河右岸》。这部曾获茅奖的长篇小说，写的就是鄂温克族人和驯鹿的事。鄂温克画家柳芭，带着才华走出森林，最终又满心疲惫地辞掉工作回到森林，在困惑之中葬身河流——当年的这则报道，让迟子建通过追踪驯鹿足迹找到了山上的猎民点和笔下女酋长的原型。

在驯鹿园景区的空地上，有很多用整根木料做成的能旋转的巨大跷跷板——据说是供作息之余的驯鹿人自娱自乐。我和朋友一人一端坐上去，一边高低起伏一边快速旋转，金黄色的森林在头晕目眩中越来越黄，直至在眼前连成一片。

下午去根河湿地，这块"亚洲第一湿地"据说是中国保持原状态最完好、面积最大的湿地。如果站在山顶远观，应可以一览它的壮阔和层林尽染的秋景。

不过对于兴致在于野游的我们来说，远观并不是首选。沿着河边的草丛和树林深入，我们一路披荆斩棘，寻觅着这片湿地深处的幽微之景。河水静流，秋树倒映，我们在河边甚至找到了"世界上最小的摩天轮"——一束兀立的干花。

折返回来的路边，有一排排精致而豪华的度假木屋，就那么坐落在河边的野草和密林旁边。一方面放弃迁徙，一方面又在人造迁徙，一类人的无奈和困窘，在另一类人身上却成了向往和情趣，这也许应该就是现代人的一种生存吊诡。

第二天从根河返回海拉尔，十天的行旅至此结束。是晚深夜，从海拉尔飞北京，次日上午又从北京飞回武汉。天气大好，旅途奔波的我在飞机上睡了一觉。醒来的时候正好飞临黄河上空，隔着舷窗往下看，被田垄和道路分割的大地界限分明，华北平原上低矮的房屋依偎成的一处处村落仿若冢冢蚁穴，众生如蚁。

飞了几千公里，仍然还像飞在草原上，草木一秋——而一切又莫不如草。

写意

　　我看《生息》系列，视而不见那一
只神态永远漠然无辜的鸟，视而不见那
些永远柔弱不堪的芦苇，只看到一片片
无所不在的水。当然，那些水是看不见
的。就像一个"空"。
　　水是一种隐晦的空。天亦如是。

　　　　　　　　　　　——沉　河

生

息

——解读程春利

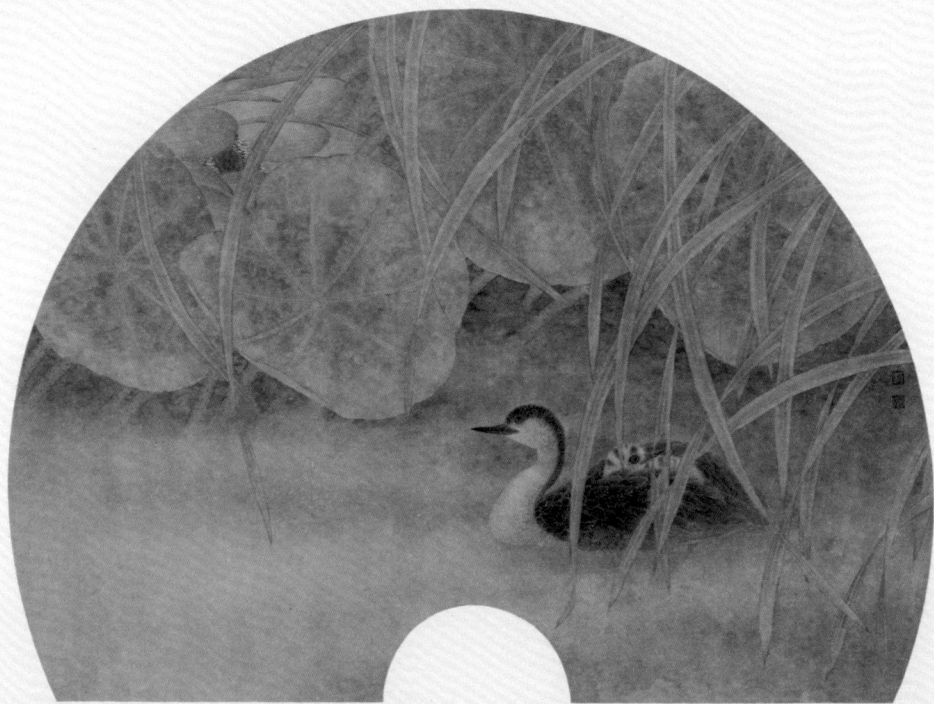

程春利作品《涟漪四》

尺寸：33cm×33cm
材质：纸本
年代：2013

程春利，1969年出生于湖北武汉，现为湖北省国画院专业画家，湖北省美术家协会会员，湖北省工笔学会会员，武汉市美术家协会主席团委员，武汉画院院外画家。2007年作品《江南行系列——眠秋》参加武汉市第三届美术作品年展获银奖；2009年作品《霁》参加第五届武汉市美术作品年展获金奖；2010年《寒林清月》参加湖北省第十四届"楚天群星奖"获银奖；2012年作品《雪霁》参加"2012全国群星奖"获银奖、第一届湖北艺术节获金奖；2014年作品《渔舟著岸》入选第十二届全国美展，获第十二届湖北省美展金奖；2015年作品《月到风来》获湖北省第十五届"楚天群星奖"金奖。诸多作品被武汉市美术馆等机构收藏。

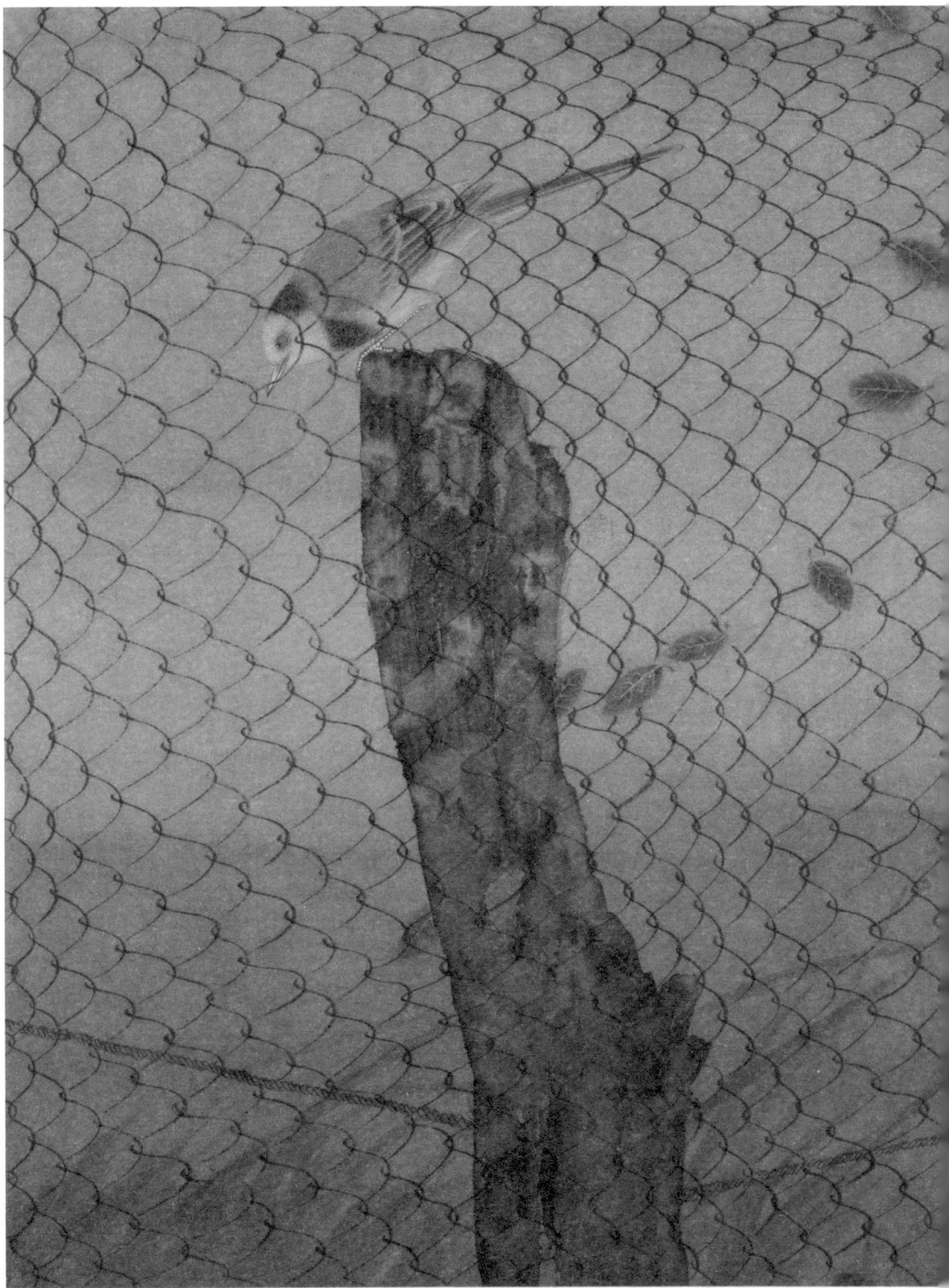

程春利作品《工业文明系列之一》

尺寸：33cm×45cm　材质：纸本　年代：2013

虚，又如何？

——读程春利《生息系列作品精选》有悟

□ 沉 河

多年前写诗，我听从内心的声音不断地弱下去，直至没有声音。我迷恋这种不断虚化的感觉，认为自己在这种诗写中，不是我写诗，而是诗写我；它把我的俗身写得没了，空余下魂魄在；把魂魄写得没了，空余下文字在。其实文字到最后也是多余的。只余下一缕气息，飘渺去而不知所终。

我不知我的这种感觉何以呈现与表达，直到有一天在画家田华家中撞见他朋友程春利的画。就是这本《生息》。突然心中跃出一个词：虚。

何为虚？冰化为水，水化为气，气化为云，云化为天。此为虚。

虚本为"墟"，一个大丘，一望无际的空旷，茫茫然；天光黯淡，万物归隐。此为虚。

无中生有，有化为无；艰苦为生，老之将死。此为虚。老子有言：至虚，极也。

然后，春利在他的水墨中，让墨不断地化为水，让水不断地蒸发为气，只余下若有若无的痕迹，仿佛若有若无的呼吸。只为一个字：虚。

我看《生息》系列，视而不见那一只神态永远漠然无辜的鸟，视而不见那些永远柔弱不堪的芦苇，只看到一片片无所不在的水。当然，那些水是看不见的。就像一个"空"。

水是一种隐晦的空。天亦如是。在春利的画语中，那只有所思即无所思的鸟没有来历。没有前途。没有伴侣。没有鸟。只有空，预示着水的在，天的在。只有生或者息。从生到息。这亘古的虚，走向虚空。

而画有边，境无界！我注意到，春利的画中，永远没有一个可依可靠的岸边，也没有一条遥远的地平线。春利或一只鸟凭虚运行，在水天的空中，却表现着"无"的境界。作为空的喻体，水或天，如我之前所言，在又不在，它们作为一个"偶在"而在，展示着无边无际的无。

要感谢春利。他让我在遇到他的画后又认识了两个字：空。无。

道家论无，佛家言空。我常常为"无"与"空"而纠结。何为空？何为无？它们何以区分？

我不知何为无，何为空。我只知空有边界，无无边界。仅此而已。

此为春利的《生息》予我的开启。

程春利作品《生息系列之三十九》

尺寸：33cm×45cm 材质：纸本 年代：2013

诗境心造画意幽深

——题程春利画集

□　鲁慕迅

　　程春利在他的画中所追求的是一种诗的境界,一种诗意的美。所谓诗境也就是无任何世俗功利目的的纯粹的审美境界。

　　春利曾经有一种审美经验:自家门前池塘对岸的几枝芦苇在逆光中别饶情趣,而走近看时却又索然无味了。本来审美就是有条件的:距离、角度、环境乃至主体的审美心理状态,都是决定审美效果的重要因素。一定的距离就像一面筛子,它把多余的杂质和造物者的败笔都筛掉了,才显出本质的美来。这使我想起一位技艺深湛的旦角老演员,在舞台上演出时,我几乎忘了他的年龄,还把"她"当作少女来欣赏,谁知拍成了电视片,一个近镜头便皱纹毕现,把美好的印象全部破坏了。

　　艺术审美的奥妙就在于:既要超然物外,又要物会于心。趋于物外就是要超越一切表象的物质的羁绊:物会于心则是以一颗纯净的心去拥抱大自然,以摄取对象的神韵,也就是古人说的得意忘象,脱略形骸。所以我以为春利的画是用心画的,是心灵与大自然的对话。这正是中国画写意的艺术精神之所在。

　　春利的画远师宋人小品,以少胜多,小中见大。少,故须精,少而精方能以一当十。在他的画中,不论是一只小鸟、一只蜻蜓,还是一个莲蓬、几茎芦苇,都是经过精心塑造的有生命有个性的艺术形象。景物虽少,其生生之气已充盈画幅。其所选取的环境,不论是密林深处,也不论是池塘一隅,都在着力表现其恬静幽深空阔无边,使画中景物与画外的空间紧密相联,成为大自然的一部分。他的画也就成了把人引向大自然的驿站。

　　为了不破坏画面的幽深自然的氛围,他不在画上题字,甚至连署名都只用印章来代替,这已和文人画拉开了距离。画中的空间也大都经过水墨烘染或处理,这也和折枝花卉不同。他的画在学习传统的基础上,已融入了一些现代的绘画观念和表现手法,在万紫千红的花鸟画领域别开一生面,走出了一条自己的道路。

程春利作品《渔舟著岸》

尺寸：185cm×180cm
材质：纸本
年代：2013
获奖：入选第十二届全国美展，获湖北省第十二届美展金奖。

程春利："'远'是一种境界"

□ 宋 磊

> 郊外的景物时常令我流连，看自家门前池塘对岸的几枝已残的芦花，在早春的逆光中东倒西斜地摇曳着，别有一番情趣，使人遥想，看这般情境使我有强烈的创作欲望，但真的走到近前又索然无味，看来，"远"淡化和消解了心与物的距离，"远"本身是一种境界。
>
> ——程春利

美，无需理由，无需诠释。如程春利的中国画，恬淡唯美，诗意盎然，著名画家鲁慕迅评他的画道："那是一种诗意的美，所谓诗意也就是无任何世俗功利目的的纯粹审美境界。"的确，后天作画，雕琢作画、程式化作画不是美，未必美。而用"心"作画，用心灵作画，实美而大雅也。创作多年，程春利从不拘泥于某种绘画程式，也不无谓创新给自己贴上个性标签，他说，他按自己的心志去画画，以纯净的心态让自己的心灵与自然、生活对话。

在程春利的工作室，他为记者展示刚刚淘得的古画仿真复制品——李迪的《枫鹰雉鸡图》，他说："现在的人都应该看看，七百年前的古人是如何画画的。"一直以来，他就是这样让自己扎根中国文化的传统根基，也让艺术之路走得扎实稳健。

程春利在成长道路上，幸运地得到两位老师的指引，他们兼具扎实的基本功和深厚的传统文化涵养，一个教他"转移多师"，一个评他"质沿古意，文变今情"，两幅意韵深切的字一直悬挂在他的书柜两旁，寄托着两位老师的殷殷期许。不同的人生经历与毫无程式约束的学养背景，让他具有独特的自由气质，也让他对中国文化有了更透彻的领悟。也许是机缘巧合，或是天性使然，程春利走入绘画领域，一切均源自对于美的渴求。从儿时在路边看见路人画牛，到被唐代仕女图摹本的细腻通透所折服，对于精美画面的迷恋，就像一颗火种点燃他内心熊熊烈火。于一张张经典名作的摹写间，他体验中国文化的意韵精髓，在一次次对于画面效果的研习中，他积累着多种技法的娴熟运用经验。程春利于水墨写意中体味着人文情怀，寻求中国画材质的魅力的极大发挥。

程春利作品《怀念之一》

尺寸：33cm×66cm
材质：纸本
年代：2013

在艺术的体悟之中，程春利无疑是个感观敏锐的人，对于画面技法和表现方式的研究基本上均无师自通，这也是他的一大艺术特质。"艺术要靠悟。"他说。程春利早年工作期间，身边都是民间艺人高手，工作性质也让他频繁地与经典古画亲密接触，于工作中熏染与修炼，让他"手头活"足够扎实，为他日后的独立创作打下深厚的根基。"当代人画花鸟，必定具有当代人的审美情趣和精神。"虽然师法宋元古画，但程春利的作品在视觉面貌上与传统绘画存在明显距离，特别是对写意与工笔的学养积淀，让他自由游弋于不同艺术语言之间。画虽工，而意不工，写意状态的工笔画也成为他的一大特色。创作多年，程春利说自己的创作一直在传统和创新之间游移，在不断调整中，寻找一个完美的平衡点。

早期创作，程春利的画面梦幻唯美，色彩雅致明快，水鸟、莲蓬、苇草、枝条于有现代构成意识的重组中，呈现于超脱自然的环境中，无论是密林深处，或是池塘一隅，再或是花间叶下，无不恬静幽深、宁静空

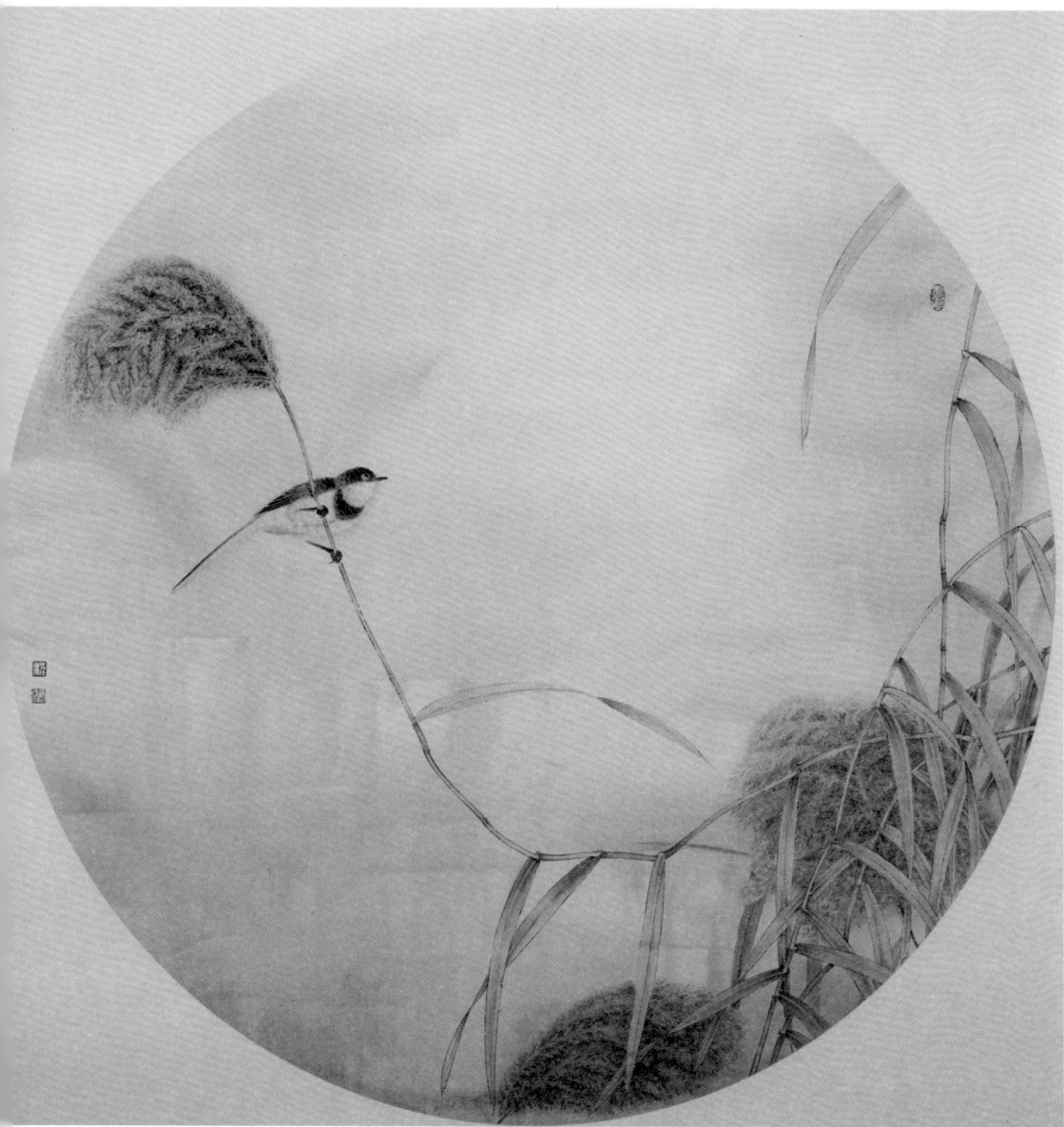

程春利作品《生息系列之五十五》

尺寸：66cm×66cm
材质：纸本
年代：2013

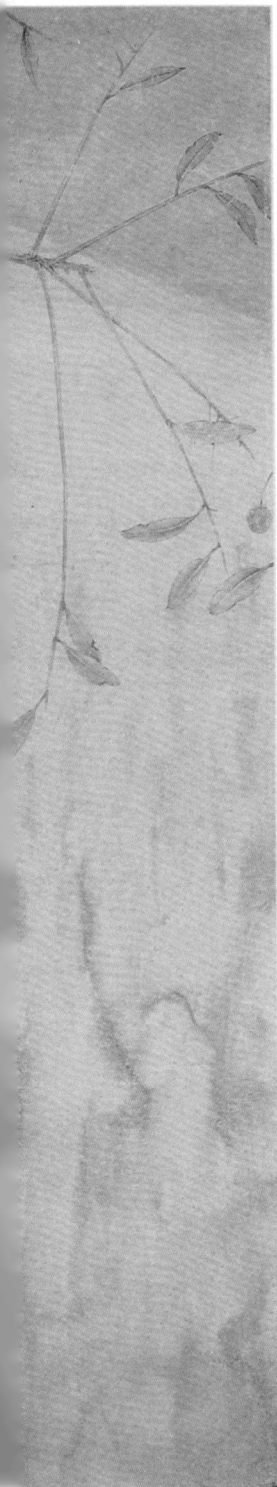

远。程春利大胆利用写意水墨的画面语言，以西方现代艺术的观念组织画面，让画面呈现不同的风貌与气息。

为了不让自己在观念性创作中缺失根基，程春利在上一阶段创作中，让自己的心志于厚重的画面中沉静下来。《生息》系列让工笔花鸟画面走入纯墨空间，于色彩的消解中让意境更加纯粹，让画面与现实保持一定距离，也就是心与物的距离，而距离也营造出一种脱离世俗的理想意境。

《生息》之后，程春利的作品再次转向观念与画面创新，作品从理想转入现实，而画面所传达的不再是单纯的唯美，有了更多对于现实的思考。近期的创作《工业时代》系列，作品以深蓝的基调描绘了池塘夜景，工整细腻的水鸟与近乎写意状态的鱼网形成对比，造成宁静之中的躁动，"现实就是这样，人们向往宁静，但现实却隐藏着不安定的因素。"作品透露艺术家对于当下现实的思考，对人类生存状态的人文关怀。

艺术来源于生活，程春利创作来自对生活的体验，对自然的亲身感知。创作之时，他会在自然间以水墨写意搜集素材，而极少用相机捕捉素材，于实景与水墨间体味景情交融，让作品中保留充盈的情绪。"创作必须于真实环境中有感而发，而不是对着图像照本宣科。"

现在，身为职业画家的程春利事业正顺，作品得到市场的认可，价位也逐步提升。进入不惑之年，生活的历练让程春利超脱、释然，他说，在艺术世界里，社会背景、学历都不重要，"艺术家要靠作品说话，而得到他人认可要靠实力"，程春利不为市场意愿作画，只画能让自己感动的画，他也希望观者能与画面产生共鸣，"艺术应该让人感受到一种情绪，一种希望，一些心灵的慰藉！"

程春利作品《生息系列之五》

尺寸：70cm×70cm
材质：纸本
年代：2010
武汉美术馆收藏。

图书在版编目（ＣＩＰ）数据

希菲洛·其她 / 王阳主编. -- 武汉：长江文艺出版社，2018.3
ISBN 978-7-5702-0253-9

Ⅰ．①希… Ⅱ．①王… Ⅲ．①中国文学－当代文学－作品综合集 Ⅳ．①I217.2

中国版本图书馆 CIP 数据核字（2018）第 029725 号

责任编辑：谈　骁　　　　　　　　　责任校对：陈　琪
策划设计：川　上　　　　　　　　　责任印制：邱　莉　王光兴

出版：　　长江出版传媒　　长江文艺出版社

地址：武汉市雄楚大街 268 号　　　　邮编：430070
发行：长江文艺出版社
电话：027—87679360
http://www.cjlap.com
印刷：武汉新鸿业印务有限公司

开本：720 毫米×1020 毫米　　　1/16　　　印张：11　插页：4 页
版次：2018 年 3 月第 1 版　　　　　　　2018 年 3 月第 1 次印刷
字数：174 千字

定价：39.80 元